DIE WELTEN DES MEISTER LI

D1669907

Jörg Weigand

DIE WELTEN DES MEISTER LI

Fantasien aus dem Reich der Mitte

Außer der Reihe 98

Jörg Weigand
DIE WELTEN DES MEISTER LI
Fantasien aus dem Reich der Mitte

Außer der Reihe 98

Bibliografische Information der Deutschen Nationalbibliothek
Die Deutsche Nationalbibliothek verzeichnet diese Publikation in
der Deutschen Nationalbibliografie; detaillierte bibliografische
Daten sind im Internet über https://dnb.d-nb.de abrufbar.

© dieser Ausgabe: Dezember 2024
   p.machinery Michael Haitel

Titelbild & Illustrationen: Jörg Weigand, aus seiner Scherenschnitt-
   Sammlung »Fensterblumen«
Layout & Umschlaggestaltung: global:epropaganda
Lektorat & Korrektorat: Michael Haitel
Herstellung: Schaltungsdienst Lange oHG, Berlin

Verlag: *p*.machinery Michael Haitel
Norderweg 31, 25887 Winnert
www.*p*machinery.de

ISBN: 978 3 95765 436 6

Jörg Weigand

DIE WELTEN DES MEISTER LI

Fantasien aus dem Reich der Mitte

DAS LIED DES WASSERS

Zu Meister Lis Eigenheiten gehörte es, sich während der Sommerzeit an einigen bestimmten Tagen jeden Monats bereits vor Sonnenaufgang an die Ufer des T'ung-t'ing-Sees zu begeben. Dort verharrte er meist reglos in Erwartung des Sonnenballs, dessen Spiegelungen im Wasser er bereits mehrfach in seinen Poemen besungen hatte. Diese morgendliche Stunde war dem Meister heilig, niemand durfte ihn stören.

Was seine Schüler nicht wussten: Hätte sich einer von ihnen heimlich angeschlichen, was sie aus übergroßem Respekt vor ihrem Meister nicht wagten, hätten sie so manches Mal Li T'ai-p'o in fast theatralischer Pose vorgefunden – er deklamierte mit leiser, aber akzentuierter Stimme Gedichte über den See.

Für Meister Li war das ein geradezu heiliges Ritual, über das er mit niemandem sprach; denn über Privates zu reden, das lag ihm nicht.

In seiner Jugend war er voller Eifer gewesen, hatte die großen Klassiker Konfuzius, Mencius oder Han Fei-tzu gelesen und sich, so der Wille seines als Fischer ein bescheidenes Leben führenden Vaters, auf das Mandarinsexamen vorbereitet, das ihm den Einstieg in die begehrte Beamtenkarriere ermöglichen sollte. Er war ein gehorsamer Sohn, wie das die Tradition verlangte, doch hatte er sich damit schwergetan, die konfuzianischen Vorschriften und Anschauungen zu verinnerlichen; viel lieber hielt er sich – statt in der Studierstube – im Freien auf, lauschte den Vögeln und bewunderte das filigrane Netz einer Spinne am Wegesrand.

Innerlich zerrissen zwischen dem Pflichtgefühl seinen Eltern gegenüber und seinem eigenen Sehnen nach einem harmonischen Einswerden mit Natur und Elementen, war es mit seinem Schlaf nicht weit her. Dies wiederum beflügelte ihn nicht unbedingt bei seinen klassischen Studien, vielmehr fiel er leicht in Träumereien.

Als er wieder einmal nächtens vor Verzweiflung wach lag, da hielt es ihn nicht länger in der Hütte seiner Eltern. Er schlich sich hinaus an das Ufer des T'ung-t'ing-Sees. Und als die ersten Sonnenstrahlen den Morgen kündeten und sich im Wasser spiegelten, da übermannte ihn die Trauer, und er brach in Tränen aus.

»Was weinst du?«, fragte da eine Stimme vom Wasser her, sodass er zusammenzuckte. »Woran gebricht es dir?«

Man hatte ihn während der konfuzianischen Studien eindringlich vor eben solchen Zwischenfällen gewarnt. Alchimisten, Taoisten, Mystiker – sie alle sprachen davon, dass es Dinge gebe, die der geradlinigen Weltanschauung des Konfuzius nicht nur nicht entsprachen, sondern sie geradezu ad absurdum führten.

Ein sprechender Fisch!

»Es kann dich nicht geben«, sagte T'ai-p'o. »So etwas wie du ist unmöglich!«

»Und doch spreche ich zu dir«, sprach der Fisch weiter. »Auch so etwas wie die Brechung des Sonnenlichts im Wasser kannst du nicht fassen. Ist es also nicht existent?«

»Doch, und es gefällt mir«, bestätigte Li.

»Ich bin Ton-ka, so wie du T'ai-p'o bist«, sagte der Fisch.

»Ich kenne dich nicht!« Damit wollte sich der junge Li T'ai-p'o abwenden, wie es einem konfuzianischen Eleven gebührte, doch etwas hielt ihn zurück. Er zögerte und bekam zu hören:

»Du bist zu Höherem geboren. Die Beamtenstube eines Konfuzianers ist nichts für dich. Warum sprichst du nicht aus, was du bewunderst? Du musst in Worte fassen, was dir am Herzen liegt.«

»Ton-ka, wer bist du wirklich?«, fragte der Junge, denn er fühlte etwas Entscheidendes geschehen.

»Nun, ich sage es dir, wenn du sofort das besingst, was du hier siehst.«

Und schon brach es aus Li heraus:

»Die Strahlen der Morgensonne
Brechen das Blaugrau der Wellen,
Wie Schmetterlinge
Tanzt das Licht und
Singt das Lied des Wassers.«

»Ich bin ein Geist der Poesie, wie er in jedem See und in jedem tieferen Gewässer lebt. Dass du mich siehst, ist wie ein Traum, denn eigentlich bin ich unsichtbar. Und meine Aufgabe ist es, Talente wie dich zu bewegen, ihre Gefühle und Beobachtungen zum Ausdruck zu bringen.«

Damit wollte der Fisch untertauchen, doch Li T'ai-p'o rief:

»Bleib bei mir, ich brauche deine Hilfe!«

»Nein«, hörte er Ton-ka sagen. »Ich habe getan, was ich konnte. Und du hast gezeigt, was du kannst. Jetzt ist es an dir, diese Kunst zu vollenden. Aber wenn du magst, kannst du mir jederzeit deine Gedichte vortragen. Ich werde sie sehr aufmerksam anhören.«

Damit war Ton-ka verschwunden.

Und Meister Li geboren.

DER BAUM DER ERKENNTNIS

Unweit von Meister Lis Behausung lag der Pai-schu-Hain.

Darin gab es den »Baum der Erkenntnis«, zu dem Li T'ai-p'o zuweilen einen Ratsuchenden schickte.

So auch den reichen, aber geizigen Bo Li-ma, der sich von dem Philosophen die Bestätigung erhofft hatte, er sei ein besonders wertvoller Mensch.

Nach wenigen Stunden stand Bo wieder vor Meister Li, offensichtlich ratlos und irgendwie enttäuscht.

»Hast du auf jenes borkenfreie und glatte Stück des Stammes am Baum der Erkenntnis geschaut, wie ich es dir geraten hatte?«, fragte Li T'ai-p'o. »Und hast du gemerkt, dass du durch deine Blicke hineingezogen worden bist in jenen Baum? Weißt du nun, wer du bist?«

»Ich weiß nicht, was ich denken soll«, war die Erwiderung. »Mein Blick drang in den Baum und zog mich hinein. Ich hatte erwartet, meine ganze Gestalt zu erkennen, doch ich sah immer nur meine Vorderseite, sah weder meine linke noch meine rechte Seite, und schon gar nicht meinen Rücken. Was soll ich davon halten? Ist das die Erkenntnis meinerseits, dass ich nur aus einer Vorderseite bestehe?«

»Nun«, sagte Meister Li. »Du hast gesehen, was du sehen wolltest: dich selbst. Du denkst nicht an deine Mitmenschen, sondern nur an dich und dein Geld, als gäbe es sonst nichts links und rechts von dir oder gar hinter deinem Rücken. Genauso sehen dich die anderen rings um dich herum: ein knausriger Geizhals, der nur sich selbst kennt. Gibt es etwas, was einseitiger sein könnte?«

DUMMHEIT

Meister Li hatte einst mit zwei Schülern angefangen; inzwischen war daraus eine ganze Schar geworden: Mal waren es zehn, mal zwölf Personen, die seinen Worten lauschten. Und es waren in der Regel jüngere Männer, die sich im Halbkreis um ihn setzten und aufmerksam zuhörten; dass ein Mann über vierzig sich zu ihnen gesellt, war eher selten, doch gerade das war tags zuvor geschehen.

Su Ma-ch'o war offensichtlich seit Langem auf Wanderschaft, seine Kleidung war zerschlissen und seine Schuhe bestanden aus geflochtenem Stroh. Doch Li T'ai-p'o scherte das wenig, legte er doch selbst denkbar wenig Wert auf sein Aussehen. Nur sauber musste alles sein. Und das war bei dem neuen Schüler der Fall. Also war er willkommen.

Su Ma-cho erwies sich rasch als wissbegierig; er war zwar wenig gebildet, aber von einer natürlichen Intelligenz, die ihn auch zu Fragen verleitete, die manch anderer wohl nicht so gestellt hätte. Als Meister Li nach einer Unterrichtsstunde noch eine Weile mit seinen Schülern zusammensaß, war Gelegenheit zu einer solchen Frage:

»Könnt Ihr mir erklären, verehrter Meister, was das ist – Dummheit?«, Su schien an einer Antwort sehr interessiert zu sein und auch die anderen Schüler nickten beifällig. Dummheit, ja – darüber wollten auch sie mehr erfahren.

Li T'ai-p'o musste kurz überlegen, ehe er entgegnete:

»Dazu will ich dir eine Geschichte erzählen, die sich nach dem, was ich gehört habe, wirklich ereignet hat:

Südlich der Hauptstadt lebte einmal ein reicher Bauer, der auf seinem Land nicht nur Reis und Gemüse, sondern auch vielerlei Früchte und Gewürze anbaute. Nennen wir ihn Li, denn das ist bei uns ein Allerweltsname. Der Bauer war nicht nur reich, er war auch sehr knauserig, um nicht zu sagen, geizig.

Dieser Bauer Li musste bei der Inspektion seines Besitzes feststellen, dass der starke Sturm in der vergangenen Nacht einen Baum geknickt und quer über einen seiner Äcker geworfen hatte. Während er noch überlegte, wie das Hindernis ohne große Probleme oder gar Kosten entfernt werden könnte, gewahrte er einen Hasen, der wohl in einem Versteck geruht hatte und vom Eigentümer des Feldes aufgeschreckt worden war. In seiner Panik rannte das Tier gegen den umgestürzten Stamm und blieb mit gebrochenem Genick liegen.

Bauer Li war hocherfreut und beeilte sich, den Hasen in seinen Besitz zu bringen. Ein Braten, der nichts kostete, war ihm jederzeit willkommen. Also ging er rasch nach Hause, um sich von seiner Frau ein Essen zubereiten zu lassen. Den umgestürzten Baum hatte er darob einfach vergessen.

Anderntags fiel ihm der Stamm freilich wieder ein, als er an das köstliche Mahl dachte, das er am vergangenen Tag zu sich genommen hatte. Was meinst du, was waren seine Gedanken?«

Während Su Ma-cho noch seine Antwort überlegte, denn er war ein Mann von bedächtigem Wesen, meldete sich einer der langjährigen Schüler zu Wort, Na-ya war sein Name:

»Ich glaube, er hätte gerne noch so einen kostenlosen Braten in der Pfanne gehabt.«

Und ein anderer ergänzte: »Wer will das nicht?«

»Ganz richtig!«, sagte Meister Li. »Wer will das nicht? Doch wie sich der Bauer Li angestellt hat ...«

»Wie denn, Meister?«, fragte Su Ma-cho. »Und was hat der Hase mit Dummheit zu tun?«

Li T'ai-p'o hatte es sich zeitlebens zur Devise gemacht, stets die Wahrheit auszusprechen, mochte sie noch so unangenehm sein. Und jemanden direkt der Dummheit zu zeihen, war eigentlich ein grober Verstoß gegen die allgemeinen Sitten – auch wenn es sich nur um eine Erzählung handelte. Er sprach aus, was er dachte:

»Es war blanke Dummheit, die ihn alles verlieren ließ, was er besaß – Haus und Hof und letztendlich auch seine Frau. Denn er ließ sich leiten von seiner Gier, von seiner Habsucht und seinem Geiz. Tagelang, wochenlang, ja über lange Monate hinweg harrte er, sobald es hell wurde, in Sichtweite des vom Sturm gefällten Baumes aus, in der Hoffnung, dass wieder ein Hase an dieser Stelle das Leben verlieren würde.

Über diesem Warten vergaß er die Fütterung des Viehs, die Bearbeitung und Bestellung der Felder, das Einbringen der Ernte. Der Reis verfaulte in seinem Wasserbeet, das Obst fiel überreif von den Bäumen und verrottete.

Er merkte davon nichts, kam nur des Nachts zum Schlafen und verließ am Morgen das Haus, um den Baumstamm zu bewachen. Schließlich verließ ihn seine Frau und zog zu ihren alten Eltern.

Er verlor alles und wurde dessen nicht gewahr.

Er wartete auf den Gratishasen – und verlor alles,

Das, meine Schüler, nenne ich Dummheit.«

Und keiner der um ihn Herumsitzenden widersprach.

EINE RACHE
BESONDERER ART

Zu Meister Lis langjährigen Freunden am T'ung-t'ing-See gehörte der Fischer Liu Hao-po. So erfolgreich dieser in seinem Beruf war, so gerne holte er sich bei dem Dichterphilosophen immer wieder Rat, sobald er vor einem anscheinend unlösbaren Problem stand.

Als er an jenem frühen Morgen an die Türe von Meister Lis beschiedener Hütte klopfte, trug er noch seine Fischermontur, sodass klar war, dass er vom See direkt hierhergekommen war. Liu zitterte am ganzen Körper, doch nicht wegen der morgendlichen Frische, die ihm gemeinhin nichts ausmachte. Er kam gleich zur Sache:

»Meister, nun ist Mu Pu-hao zu weit gegangen. Wirklich: zu weit!« Der erwähnte Mu war Liu Hao-pos stärkster Konkurrent von all den Fischern, die auf dem T'ung-t'ing-See ihren Lebensunterhalt verdienten. Schon mehrfach hatte er Lius Boot gerammt oder auf dem einige Meilen entfernten Wochenmarkt dessen Fang vor versammeltem Publikum als minderwertig bezeichnet. Und Liu hatte dies, wie ihm Meister Li angeraten hatte, stillschweigend über sich ergehen lassen.

»Die Qualität deiner Ware wird alle überzeugen, es ist nur eine Frage der Zeit«, hatte ihn Li T'ai-p'o damals beruhigt. Nun aber schien sich die Situation geändert zu haben.

»Was ist geschehen?«

»Meister, wie Ihr wisst, habe ich zwei Boote. Damit mir immer eines zur Verfügung steht. Nun gab es gestern diesen Sturm und dabei ist Boot Nummer eins beschädigt worden. Ich wollte heute das andere flott machen. Doch es ist nicht einsatzfähig. Dieser Mu hat das Steuer zerbrochen und daneben auf den Schiffsrumpf die Zeichen geschrieben: »Das Schicksal will es so!«

Li T'ai-p'o glaubte, nicht recht zu hören: »Das hat er wirklich geschrieben?«

»Ja, ich kenne seine Art, die Schriftzeichen zu verkürzen. Er war es. Was soll ich nun tun? Meine Frau macht mir das Leben zur Hölle, wenn ich mich nicht wehre. Sie sagt, ich soll mich für diese Tat rächen. Aber wie?«

Meister Li schmunzelte; ihm war eine Idee gekommen: »Hat sie nicht immer wieder gefordert, du sollst weniger auf den See hinausfahren und dich vielmehr intensiver deiner Familie widmen? Deinen drei Kindern und natürlich ihr ebenfalls ...«

Liu Hao-po sah den Meister verständnislos an: »Ja, aber was ...«

»Nun, du machst Folgendes.«

Die Instruktion erforderte nur wenige Minuten. Dann wusste der genervte Fischer, was er zu tun hatte.

Zur Überraschung aller an den Ufern des Sees, lief Mu Pu-hao am nächsten Tag mit einem von absoluter Verwirrung gezeichneten Gesicht herum und hielt sich danach mit seinen Attacken zurück. Von einigen Nachbarn darauf abgesprochen, gab er keine Antwort. Er fürchtete, verspottet zu werden.

Denn Liu, der verhasste Konkurrent, hatte ihn mit vor Freude strahlendem Gesichtsausdruck aufgesucht, hatte ihm die Hand geschüttelt und gesagt: »Ich bin dir einen großen Dank schuldig; sag mir bitte, wenn ich etwas für dich tun kann.«

Und als ihn Mu verdutzt angestarrt hatte, hatte Liu erklärt: »Meine Frau wollte schon lange, dass ich weniger auf den See fahre und mich mehr um sie kümmere. Sie hat mir sogar das Bett verweigert. Nun habe ich die ideale Gelegenheit dazu. Mein restliches Boot wird in wenigen Tagen wieder einsatzbereit sein. Aber ich werde es ab sofort weniger nutzen. Ich habe in der Vergangenheit Ersparnisse anlegen können, nun werde ich langsamer machen und das Leben genießen.«

Liu hatte Mu noch einmal die Hand geschüttelt und zum Abschied gesagt: »Du hast meine Ehe gerettet. Ich bin dir etwas schuldig.«

MEISTER LI
UND DAS EINFACHE DENKEN

Meister Li liebte es, seine Schüler um sich versammelt zu sehen, denn die ihm geschenkte Aufmerksamkeit spornte ihn immer wieder zu weiteren Denkabenteuern an. Und das wiederum wussten seine Schüler zu schätzen – zumeist Bildungsbeflissene aus den gehobenen Bevölkerungsschichten.

Umso befremdlicher war allerdings für diese Meister Lis Gewohnheit, sich von Zeit zu Zeit in die umliegenden Dörfer zu begeben und mit den dortigen Bauern und Fischern einen ganzen Tag zu verbringen: Mit Gesprächen, über deren Inhalt niemand sonst etwas wissen konnte, da Li T'ai-p'o diese Ausflüge allein zu unternehmen pflegte.

Es war Wu Tse-neng, der Sohn eines hohen Mandarins in der Hauptstadt, den seine Wanderlust und seine Wissbegierde an den T'ung-t'ing-See verschlagen hatten, der eines Tages aus der Gruppe der Schüler heraus die Frage aussprach, die alle um ihn herum bewegte:

»Ihr seid gewiss einer der klügsten und einfallsreichsten Menschen dieser Zeit, Meister. Meint Ihr wirklich, dass diese ungebildeten, grobschlächtigen Bauern und Fischerleute Euch verstehen können? Meint Ihr wirklich, diese einfachen Gehirne können Euren hoch fliegenden Gedanken folgen?«

Meister Li lächelte bei dieser Frage, nicht weil er sie für ungehörig hielt, sondern weil er wusste, dass es nicht wenigen seiner Schüler ähnlich ging wie Tse-neng.

»Da es keine dummen Fragen gibt, sondern nur dumme Antworten, will ich versuchen, mich dir verständlich zu machen.«

Zustimmendes Gemurmel erklang: Ja, auf diese Antwort waren alle gespannt.

»Der Irrtum, auf dem deine Frage beruht, liegt darin, dass du annimmst, ich wollte meine Gedanken und Überlegungen an diese Dorfbewohner weitergeben. Diese Annahme ist falsch. Wenn diese Menschen solches von mir wissen wollten, würden sie sich um mich versammeln, so wie ihr alle hier mir zuhört. Nein, in Wahrheit bin ich derjenige, der hören will, was sie zu sagen haben.«

»Wie soll ich das glauben können, Meister?«, wagte Tse-neng zu widersprechen. »Was können diese Menschen wissen und verstehen, was Ihr nicht schon längst verinnerlicht habt? Ihr Denken ist doch viel zu einfach.«

»Eigentlich solltest du dir selbst diese Frage beantworten können« sagte Meister Li. »Wenn du meinst, dass sie meinen Gedanken nicht folgen können, dann muss ich dir mitteilen, dass ich oft genug Mühe habe, ihre einfachen, ja vielleicht sogar zu einfachen Überlegungen zu begreifen. Gerade weil sie so einfach sind. Und ich höre aufmerksam zu und versuche zu verstehen, weil in ihnen oft eine praktische Weisheit steckt, zu der ich im Allgemeinen keinen Zugang hab. Wenn es mir aber gelingt, ihrem Denken zu folgen, eröffnen sich oft für mich Möglichkeiten zusätzlicher Erkenntnisse, über die ich sonst nicht verfügen würde.«

Über Meister Lis Gesicht huschte ein Lächeln. Er wusste, dass er seine Schüler mit dem Folgenden womöglich noch mehr verblüffen würde:

»Dazu kommt, dass einfache Menschen mit ihrer Art zu denken oft leichteren Zugang zum Reich der Geister und Feen, ja sogar der Dämonen haben.«

Tse-neng, der seinem Meister aufmerksam zugehört hatte, schwieg nach diesen Worten. Dann wagte er, mit zaghafter Stimme, die Frage:

»Ihr meint, dass sich das Eine und das Andere ergänzen?«

»Ja!«, bestätigte Meister Li. »Und ohne das Eine kann es das Andere nicht geben.«

KLAPPERTOPF

Bereits als junger Mann liebte Li T'ai-p'o die beschauliche Ruhe, die es ihm ermöglichte, seinen Gedanken zu folgen, die in ihm aufkeimten. Kaum hatte er sein Elternhaus verlassen und war an den T'ung-t'ing-See gezogen, lernte er ein wunderhübsches Mädchen kennen, für das sein Herz im Nu entflammte. Hao-mei, bezaubernde Pflaumenblüte, war ihr Name und alle beneideten T'ai-p'o wegen dieser Beziehung. Sehr rasch zog sie zu ihm, was verständlicherweise zu Gerede führte. Doch T'ai-p'o begegnete ihm mit dem Hinweis, dass er sie in kürzester Zeit zur Frau nehmen wolle.

Der junge Scholar hing sehr an Hao-mei, doch sehr schnell kam die Ernüchterung. Die junge Frau war eine hervorragende Köchin und T'ai-p'o sprach dem guten Essen mehr zu, als ihm guttat. Das Resultat war: Er nahm unverhältnismäßig schnell an Gewicht zu und begann geradezu unförmig zu werden. Das machte ihn körperlich wie mental unbeweglicher, sodass er darüber nachgrübelte, wie dies zu ändern sei. Die Lösung des Problems kam von unerwarteter Seite.

Hao-mei hatte rasch bemerkt, dass ihr neuer Gefährte ihrem Essen mehr als nur gerne zusprach, daher verdoppelte sie ihre Bemühungen in der Küche, zeitlich wie mengenmäßig. Diese Zubereitung der täglichen Mahlzeiten war zunehmend verbunden mit unverhältnismäßig starkem Lärm: Es klirrten Gläser, klapperten Töpfe, fielen diverse Dinge zu Boden und gingen eventuell sogar zu Bruch. Kurzum: T'ai-p'os Bedürfnis nach absoluter Ruhe, um seinen Gedanken freien Lauf lassen zu können, blieb ein dringendes Bedürfnis. Hao-mei war nicht zu bewegen, in der Küche – in der Hütte nahm sie einen wesentlichen Platz ein, sodass Li T'ai-p'o kaum Ausweichmöglichkeiten hatte, es sei denn, er ging ins Freie – weniger laut zu hantieren. Bis in den Schlaf hinein verfolgten ihn diese Geräusche und verursachten Albträume.

Eines Nachts, als der Scholar nach einem solch lärmbetonten Tag neben Hao-mei eingeschlafen war, bescherte ihm ein Traum einen Ausweg. Es erschien ihm ein Mann in der Kleidung eines adeligen Herrschers, den er nicht kannte.

»Ich bin der Herzog von Chou. Es ist dir wohl bislang entgangen, dass ich ein berühmtes Werk über Träume, deren Bedeutung und ihre Wechselbeziehung mit dem wirklichen Leben geschrieben habe. Deine aktuellen Träume sind schlimm. Sie belasten dich ebenso wie das tägliche Leben. Sie sind bis zu mir gedrungen und sind mir Grund genug, dir meine Erkenntnisse zu offenbaren. Da du meine Schrift nicht kennst, will ich dir einen Rat geben.«

Li T'ai-p'o merkte im Traum, wie sich sein Körper im Schlaf versteifte. Er brauchte keine Traumdeuter, er benötigte Hilfe im realen Leben. Sein Gast schien Gedanken lesen zu können, denn er reagierte sofort auf diesen Einwand:

»Ich verstehe, dass du glaubst, ich könnte dir nicht helfen. Das ist ein Irrtum, denn du stehst vor dem Dilemma, dass du dieses Mädchen verlierst, wenn du ihr die Lieblingsbeschäftigung nimmst. Sie klappert nun einmal gerne mit allen Töpfen, denn das ist ihr die akustische Bestätigung, dass sie etwas leistet und dir etwas Gutes tut. Es ist im besten Sinne für sie eine Bestätigung ihrer selbst.«

Hätte sich T'ai-p'o beim Schlafen selbst beobachten können, hätte er in diesem Moment bemerkt, dass er zustimmend nickte. Und er wusste sogleich, dass es keinen Ausweg gab. Hao-mei war eben doch keine Pflaumenblüte, sondern ein Klappertopf – für ihn schier unerträglich.

»Doch den gibt es!«, beteuerte sein Traumgast, als habe er auch diesmal seine Gedanken gelesen. »Ich kann dafür sorgen, dass alles gut wird. Du selbst hast den Hinweis gegeben, wie dies geschehen soll. Morgen, wenn du aufwachst, wirst du den Klappertopf – deine eigenen Worte! – neben dir finden. Dann gehe damit in den Garten hinter deiner Hütte; du wirst erkennen, was zu tun ist.«

Damit verschwand der Herzog von Chou und Li T'ai-p'o genoss einen langen, ruhigen Schlaf. Als er erwachte, suchte er vergebens nach Hao-mei, er fand sie nirgends. Doch als er neben dem Bett nachsah, erblickte er eine gelbblühende Pflanze, die sich in den Fußbodenritzen verwurzelt hatte. Als er sie anfasste, glaubte er ein leises Geräusch, ein Klappern wie beim Topfschlagen aus den Blüten zu vernehmen.

Da erinnerte er sich an seinen Traum und wusste mit einem Mal, was zu tun war.

Seitdem wächst der Klappertopf hinter Meister Lis Hütte. Viele seiner Schüler wollten ihn schon herausreißen, da er als Giftpflanze galt. Doch stets wurden sie vom Meister daran gehindert. In seiner Erinnerung war Hao-mei immer präsent. Wenn er den Klappertopf anschaute, sah er sie vor sich in der Küche hantieren.

Aber eben nur in seiner Fantasie.

DAS INDIZ

In einer Ecke seiner bescheidenen Behausung hatte Meister Li seine Bücher untergebracht. Eine auch inhaltlich beschränkte Bibliothek war das, in der Mehrzahl die unterschiedlichsten Ausgaben des I-Ching, jenes Orakel-Klassikers, mit dessen Hilfe gemeinhin die Zukunft vorher gesagt wurde. Meister Li freilich hatte dafür noch eine andere Verwendung.

Denn bereits kurze Zeit, nachdem er sich am Ufer des T'ung-t'ing-Sees niedergelassen hatte, bekam er starken Zulauf von jungen Leuten, die sich um ihn scharten, um seiner Weisheit teilhaftig zu werden. Nicht immer freilich waren dies Wissbegierige, die Meister Li an seinen Gedanken teilhaben lassen wollte. Eine Auswahl tat not, und Meister Li hatte seine eigene Methode.

Deutlich wurde das an einem hellen Sommertag, als Li T'ai-p'o gerade dabei war, sich mit den Phänomenen der Zeit auseinanderzusetzen. Vertieft in seine Reflexionen, bemerkte er zunächst nicht, dass sich ein Unbekannter unter seine Zuhörer gesetzt hatte.

Meister Li wurde aufmerksam, als er – wie er es gelegentlich tat, um die Aufmerksamkeit seiner Schüler zu prüfen – seine Augen schweifen ließ und das unbekannte Gesicht wahrnahm. Gerade noch beim rätselhaften Beschleunigen der Zeit mit zunehmendem Alter des Menschen beschäftigt, riss ihn dieser Anblick aus seinem Nachsinnen.

Das mochte er gar nicht! Ein Unbekannter in seiner Zuhörerschaft ...

»Wir machen eine Pause!«, befand er und erhob sich, für seine Schüler das Zeichen einer längeren Unterbrechung.

Meister Li zeigte, fast anklagend, auf den Neuankömmling: »Wer bist du? Ich kenne dich nicht!«

Der Unbekannte hatte sich ebenfalls erhoben und neigte nun sein Haupt vor dem Meister: »Ich bin Hu Liang-k'o und komme von weither, um des Meisters Weisheiten zu hören, von denen man weitum rühmlich spricht.«

Als er merkte, dass dies Li T'ai-p'o nicht zufriedenstellte, fügte er hinzu: »Ich bitte, in den Kreis der Schüler aufgenommen zu werden.«

Genau das hatte Meister Li befürchtet.

»Wir befragen die Schafgarbe!«, verkündete er und stieß damit auf die volle Aufmerksamkeit aller. Lediglich der Neuankömmling schien nicht beeindruckt, sondern ließ sich mit den Worten vernehmen: »Absolut lächerlich!«

Das Schafgarben-Orakel war eine besondere Zeremonie: Exakt dreiundzwanzig Schafgarbenstängel wurden in einem lockeren Wurf von dem zu begutachtenden Delinquenten auf den Boden geworfen und dann von ihm selbst einzeln aufgelesen. Ein heikles Unterfangen, denn die viellastigen und blätterübersäten Stängel verhakten sich leicht miteinander. Das machte das einzelne Auflesen zur Kunst – zumal die restlichen, am Boden liegenden Stängel nicht bewegt werden durften.

Mit einer an Verachtung grenzenden Miene hatte Hu Liang-k'o die Schafgarbe geworfen. Zunächst lösten sich die einzelnen Stängel leicht, doch dann ging nichts mehr.

Meister Li hatte mitgezählt. »Achtzehn sind aufgehoben, es bleiben fünf, die sich ineinander verhakt haben. Da habe ich den Zusatzstängel, der ...« er hob ihn in die Höhe. »Nein, ich denke, zunächst bedarf es einiger Erklärungen.«

»Welche Zukunft will uns die Schafgarbe sagen?«, fragte einer seiner ältesten Schüler. »Wo liegt der Sinn des Ganzen?«

»Es geht nicht um die Zukunft, sie bleibt uns heute weiterhin verborgen«, korrigierte der Meister. »Ich beziehe mich auf die selten anzutreffende I-Qing-Kommentierung des taoistischen Meister Mi La-ku. Bei ihm hat die Schafgarbe die Aufgabe, unliebsame Zeitgenossen unter uns zu enttarnen.!

»Wie soll das gehen, Meister!«, fragte wiederum der ältere Schüler.

»Nun«, erklärte Meister Li mit mildem Lächeln. In der Abfolge der Zahlen steht die Eins für den Himmel, die Zwei für die Erde und die Drei für den Menschen. Dreiundzwanzig Stängel wurden geworfen, die Quersumme der beiden Ziffern ist Fünf. Hier liegen fünf unentwirrbare Schafgarbenstängel. Sie sind nicht voneinander lösbar, weil der Himmel fehlt. Im Dreiersystem der ersten Zahlen aber ist der Himmel unabdingbar für uns Menschen.«

»Unsinn!« Nur das eine Wort war zu hören. Es kam von Hu Liang-k'o.

»Warte es ab, was passiert, wenn ich den Stängel in meiner Hand, das Himmelssymbol, dem Gewirr hinzufüge!«

Meister Li öffnete seine Finger, die den Schafgarbenrest gehalten hatte. Kaum hatte der Stängel das Gewirr am Boden berührt, da lösten sich die restlichen Zweige voneinander.

Li triumphierte: »Wem der Himmel fehlt, der gehört nicht zu uns Menschen!«

Ein raues Bellen ertönte. Mit einem gewaltigen Satz entfernte sich ein Fuchs von den Menschen, seine neun Schwänze schleiften im Staub.

»Also war es doch ein Fuchsgeist, der sich bei uns einschleichen wollte.«

Meister Li war zufrieden. Fuchsgeister passten nicht in seine Welt.

DIE IDEALE FRAU

Von seiner Ausbildung her war Li T'ai-p'o klassisch orientiert; was große Denker wie Konfuzius, Mencius oder auch Lao Tse, die großen Alten der Vergangenheit, hinterlassen hatten, hatte durchaus Einfluss auf das, was Meister Li seinen Schülern zu vermitteln trachtete. Aber er hatte auch Sinn für das Alltägliche, das Praktische. Und er verfügte über ein besonderes Einfühlungsvermögen.

Alle diese Kenntnisse und Fähigkeiten vereint, ließen ihn Probleme seiner Schüler, aber auch Rat suchender Mitmenschen mit Erfolg in Angriff nehmen. So auch im Falle des Kaufmannssohns Wei Ko-liao, der sporadisch im Kreis der Schüler von Meister Li auftauchte und durch kluge Fragen bewies, dass er sich bemühte, dem Vorgetragenen zu folgen.

Li T'ai-p'o hatte sich nach einer anstrengenden Unterrichtsstunde auf einen Spaziergang entlang des Sees begeben und war in Gedanken bei einem Gedicht, das in einer Rohfassung fertig war. Abrupt wurde er aus seinen Gedanken gerissen.

Meister Li war über die Füße eines Mannes gestolpert, der am Wegesrand im Schatten eines Litschi-Baumes saß und die Beine weit von sich gestreckt hatte. Li geriet ins Taumeln, was den Mann rasch aufspringen und den Meister unter die Arme fassen ließ.

Li T'ai-p'o erkannte den Kaufmannssohn, der beim heutigen Unterricht gefehlt hatte.

»Du hier?«, fragte er. »Wolltest du nicht ...«

»Ja, Meister«, nickte Ko-liao. »Aber dann ist mir etwas dazwischen gekommen. Und ich muss nachdenken.«

Meister Li verstand: »Unter dem Litschi-Baum? Weil du dir Hilfe erhoffst?«

Der junge Mann nickte: »Mein Vater, er ist schon bei seinen Ahnen, hat mir immer gesagt, dass der Litschi-Baum dem Menschen hilft, weil seine Baumgeister schlau sind und weil er diese Schlauheit weitervermitteln kann!«

»Komm«, sagte Meister Li. »Lass uns beide hier niedersitzen. Du sagst mir dein Problem und wir werden versuchen, eine Lösung zu finden. Was bedrückt dich?«

»Es geht um meine Frau«, sagte Ko-liao, nachdem sie Platz genommen hatten. Li erinnerte sich an die hübsche junge Frau, bei deren Anblick er sofort an die Göttin der Morgenröte gedacht hatte.

»Eine Schönheit – ganz nach klassischem Vorbild! Und gebildet, wie ich feststellen konnte.«

»Ich weiß«, seufzte der junge Mann. »Sie ist sehr schön. Aber das ist es gerade.«

Li T'ai-p'o verstand nicht und sah Ko-liao fragend an.

»Ich gestehe, ich habe etwas egoistisch gehandelt. Man sagt, Schönheit vergeht. Nun, ich wollte sie für alle Zeiten erhalten und habe den Maler Pao-pao gebeten, sie zu porträtieren. Pao-pao ist ...«

»Ich kenne ihn«, sagte Meister Li, ehe Ko-liao ausschweifen konnte. »Er ist sehr gut und hat sicher ein sehr treffendes Bild geliefert.«

»Eben nicht!« Der Kaufmannssohn schrie das sehr erregte: »Ich wollte das Bild bei uns aufhängen, damit sich alle daran ihrer erfreuen können, aber ...«

»Aber was?«

»Da würde das Bild einer hässlichen Frau hängen, denn das hat er abgeliefert.«

»Wie das? Hast du mit ihm gesprochen?«

»Ja! Ja!«, beteuerte Ko-liao. »Pao-pao sagt, er habe meine Frau naturgetreu gezeigt, doch diese sei damit nicht zufrieden gewesen. Sie habe Änderungen verlangt, die er mithilfe des ›Buchs der magischen geheimen Wünsche‹ eines gewissen Li Yü erfüllt habe.«

Meister Lis Ahnung wurde konkreter: »Hast du auch deine Frau befragt?«

»Ja, das habe ich!«, beteuerte der junge Kaufmann. »Aber ich erhielt nur zur Antwort: Anständige Frauen tun das. Also, Meister Li, wie soll ich das verstehen?«

Li T'ai-p'o lachte: »Gut, dass wir den Litschi-Baum als unseren Helfer haben. Ich verstehe nun dein Problem, aber ich verstehe auch deine Frau und den Künstler. Hör zu!«

Er sammelte sich kurz, um die richtige Reihenfolge beim Erzählen einzuhalten.

»Deine Frau hat eine sehr gute, klassische Bildung, auch auf kulturellem Gebiet, das konnte ich bei unserem ersten Zusammentreffen sofort feststellen. Ich denke, sie hat sich bei ihrer Entscheidung an einer bedeutenden Frau der alten Dynastien orientiert, nämlich an Chao-chün. Sie gilt als eine der schönsten Frauen der damaligen Zeit; Maler zeigen sie oft auf einem Schimmel reitend mit einer Mandoline in der Hand.«

»Habe ich noch nie gehört«, schüttelte Ko-liao den Kopf.

»Wie solltest du hier im Süden auch davon gehört haben! Aber es spricht für deine Frau, dass sie die Geschichte kennt. Höre weiter zu: Chao-chün war eine Nebenfrau des damaligen Himmelssohns. Als er einem Maler den Auftrag gab, alle seine Frauen zu porträtieren, das dieser mit viel Können ausführte, war der Kaiser dennoch erstaunt, wenn nicht entsetzt darüber, dass einzig das Abbild von Chao-chün so gar nicht ihrem wahren Aussehen entsprach.«

»Also war der Maler doch nicht so gut ...?«

»Oh, doch!«, widersprach Meister Li. »Er hatte auf Geheiß von Chao-chün gehandelt und ihr Bild zum Negativen verändert. Vom Kaiser danach befragt, antwortete Chao-chün: ›Ich weiß, dass ich schön bin, doch das bringt mit sich, dass andere Männer mich begehren. Meine Schönheit gehört aber nur dem Sohn des Himmels. Allein für ihn will ich begehrenswert sein.‹«

Als Ko-liao zunächst verdutzt schwieg, fasste ihn Meister Li am Arm und sagte: »Du hast keine Probleme, hast sie nie gehabt, denn wie Chao-chün hat deine Frau damit bewiesen, dass sie allein zu dir gehört. Und was jenen Li Yü (übrigens kein Verwandter von mir) mit seinem Klassiker der geheimen Wünsche angeht ... Nun, vielleicht kannst du dir denken, dass nicht alle Künstler in der Lage sind, solche Sonderwünsche zu erfüllen. Der deine hat das begriffen und seine eigene Unfähigkeit kompensiert, indem er die Methoden des Li Yü angewandt hat.«

Li T'ai-p'o schwieg. Er sah, dass sich Ko-liaos Miene aufgehellt hatte.

»Ja«, sagte der Meister. »Du kannst dich freuen, du hast die ideale Frau geheiratet.«

DAS KLEID DES KRIEGES

Zeit seines Lebens war Li T'ai-p'o ein Mensch mit äußerst bescheidenen Ansprüchen im Hinblick auf Nahrung und Bekleidung. Was Letztere anging, trug er gewöhnlich einen weit geschnittenen, hellen Umhang, der Schutz bot gegen das Wetter. Und das insbesondere im Sommer, wenn der eng gewebte Stoff eine isolierende kühle Schicht zwischen seinem Körper und den heizenden Strahlen der Sonne garantierte.

Diese Umhänge, Meister Li besaß mehrere davon, waren vor langen Jahren erworben und seitdem immer wieder geflickt worden, denn Li hing an ihnen und hätte sie um nichts in der Welt gegen andere Kleidungsstücke eingetauscht.

Ein einziges Mal während seiner Anwesenheit am T'ung-t'ing-See erhielt Meister Li hochrangigen Besuch. König Pu-hao aus der weit entfernten Region Fan-ta mit ihrer Hauptstadt Hsi-ah befand sich auf einer Erkundungsreise bei verschiedenen befreundeten Regenten und war mit seinem Gefolge wie aus Versehen auf einmal vor Li T'ai-p'os Hütte erschienen. Der Meister hatte gerade seine Schüler um sich versammelt, als die Reiterschar, die Königssänfte in der Mitte, plötzlich auftauchte.

Li war ein höflicher Mensch, und so war es selbstverständlich, dass er aus der Versammlung seiner Anhänger hervortrat, um die Neuankömmlinge zu begrüßen. Sogleich wurde er von dem vordersten Reiter im Offiziersrang angehalten, der ihn anschnauzte:

»Wie kannst du es wagen, in diesen ärmlichen und geflickten Kleidern vor meinen König zu treten? Mich dünkt, diese Lumpen sind noch nicht einmal frisch gewaschen. Hinweg, sage ich!«

Meister Li war stehen geblieben, während er dem Reiter zuhörte. Doch dann trat er geschwind einige Schritte vor, genau zwischen zwei Pferden hindurch und stand unmittelbar vor der Sänfte, aus der ihn der Monarch neugierig anblickte.

»Ich begrüße Euch mit allem Respekt, der ansteht«, betonte er mit ruhiger Stimme. »Doch warum lässt es dieser Soldat mir gegenüber daran fehlen, nur weil ich nicht das trage, was Euch angemessen erscheint?«

Ein weiterer Soldat war vom Pferd gesprungen und hatte Li inzwischen gepackt, wollte ihn von der Sänfte wegzerren.

»Lasst ihn!«, befahl der König und lehnte sich etwas weiter aus der Kutsche. »Und bringt ihn zu mir. Ich will mit ihm reden und erfahren, was er mir zu sagen hat.«

Und zur Überraschung des Meisters, aber auch seiner Eskorte, stieg er aus der Sänfte. Er war von kleiner Gestalt, ähnlich zierlich wie der Philosoph und Dichter. Doch anders als dieser war der Monarch in Seidengewänder gekleidet und trug an den Füßen handgeflochtene Ledersandalen.

»Nun beantworte diese Frage, die mein Soldat dir gestellt hat! Denn auch mich interessiert, weswegen du keinen Wert auf anständige Kleidung legst!«

Li T'ai-p'o war noch nie vor der sogenannten Obrigkeit zurückhaltend gewesen, daher fragte er zurück: »Was versteht Ihr unter anständig? Meine Kleidung ist einfach, das ist richtig, und sie ist mehrfach geflickt. Auch das stimmt. Doch müsst Ihr zugeben, sie ist nicht schmutzig oder fleckig, sondern sie wird jeden Tag gewaschen. Das bin ich mir selbst schuldig. Und nicht irgendwelchen Ansprüchen von irgendwelchen Soldaten, die vorbei kommen.«

»Du sprichst stolze Worte. Wer bist du?«

»Ich bin der Philosoph und Dichter vom T'ung-t'ing-See, vielleicht habt Ihr von mir gehört? Und Ihr werdet zugeben, dass ich bei meiner Beschäftigung weder Eure prunkvollen Kleider, noch die schweren Rüstungen Eurer Begleiter benötige.«

»Was erlaubst du dir?«, der Offizier trat einige Schritte nach vorn. »Ich werde dafür …«

»Lasst ihn!«, befahl der König. »Vielleicht hat er noch mehr zu sagen.«

»In der Tat«, bestätigte Meister Li. Nun war er nicht mehr zu halten. »Seht Euch die unbequemen Panzer Eurer Begleitung an. Sie sind schwer und nur mühsam zu tragen. Im Winter schützen sie nicht vor der Kälte, im Sommer nicht gegen die große Hitze. Und schön ist so eine Rüstung auch nicht. Wozu sollte so etwas gut sein?«

»Aber im Krieg müssen …«

»Ihr sprecht vom Krieg? Er ist genauso unnütz und beschwerlich wie die Panzer Eurer Soldaten. Nur Unglück und Verderben kommen übers Land, wenn Eure Soldaten eingesetzt werden. Nicht nur andere Soldaten, sondern auch Frauen und Kinder werden zu Opfern, Köpfe werden abgeschlagen, Leiber aufgeschlitzt – was soll also daran gut sein? Die Panzer Eurer Soldaten und der Krieg – sie taugen beide nichts und bringen nur Unglück für Jedermann. Das Kleid des Krieges ist einfach nur hässlich.«

Nur kurz schwieg Meister Li, dann endete er mit den Worten: »Darum kann ich mich mit meiner einfachen Kleidung begnügen und tue niemandem damit etwas Schlimmes an. Warum nehmt Ihr mich nicht als Euer Vorbild? Das Volk würde Euch nur umso mehr lieben.«

Der König hatte schweigend zugehört. Als sich Li T'ai-p'o nun umdrehte und zu seiner Hütte zurückging, gab er seinen Leuten ein Zeichen, ihn nicht daran zu hindern.

Er sagte kein Wort, sondern wirkte sehr nachdenklich.

Ungewöhnlich nachdenklich.

AUCH EIN LEBEN IM PARADIES

Meister Li pflegte gewöhnlich um sechs Uhr morgens seine Tagesmeditation zu beginnen, die ihm die Kraft gab, neben den reinen Überlebenstätigkeiten wie Waschen, Essen, Aufräumen und Ähnlichem auch noch die innere Energie für seine philosophischen Studien und seine ihn mit jedem Jahr stärker beschäftigende Poesie zu finden. Diese Stärke auch seinen Schülern zu vermitteln, daran lag ihm sehr viel; daher versuchte er auch, durch drastische Schilderungen die gewünschten Einsichten zu erreichen.

Lü Pu-wei, ein Zuwanderer aus der Nachbarprovinz und schon von daher gesehen ein schwieriger Fall, war einer jener Uneinsichtigen, die glaubten, ewiges Leben im Paradies allein dadurch zu erlangen, dass sie es schlicht und einfach geradezu forderten. Innere Einsicht war ganz und gar nicht Lüs ausgeprägter Charakterzug und daher spielte oft genug ein arrogantes, fast abfälliges Lächeln um seine Mundwinkel, wenn Li T'ai-p'o wieder einmal die Vorzüge bescheidener, meditativer und kognitiver Lebensweise betonte. War es Geringschätzigkeit oder gar Verachtung dessen, was Meister Li verkündete? Der Poet und Philosoph fühlte sich zumindest irritiert wenn nicht gar herabgewürdigt. Er beschloss, Lü eine Lektion zu erteilen. Glücklicherweise war sein alchimistisches Labor reich bestückt und erst kürzlich wieder aufgefüllt worden.

An einem Sommertag, als der T'ung-t'ing-See, wie so oft zu dieser Jahreszeit, glatt wie ein Spiegel lag, war die Anzahl der Schüler, die Lis Worten lauschten, besonders groß. Es war Zeit, zu handeln.

»Es gibt, ich habe das schon wiederholt betont, zwei Paradiese«, begann Li T'ai-p'o und hob die Schriftenrolle hoch, auf die er sich bezog. »Im Buch der zwei Gärten, Liang-mu Shu, gemeint ist natürlich das Paradies, ist dies beschrieben.«

»Was nichts bedeuten muss«, warf Lü Pu-wei ein, wieder das gewisse Lächeln in den Mundwinkeln. »Was wird nicht alles behauptet und niedergeschrieben.«

Meister Li ließ sich nicht beirren: »Ein Versuch kann das beweisen!«

»Wie soll das zu beweisen sein? Meister, ich wäre vorsichtig mit solchen Behauptungen.«

Nun hatte er ihn so weit.

»Die Königinmutter des Westens, Hsi-wang-mu, hat sehr wohl unterschieden, als sie das Paradies eingerichtet hat, zwischen solchen Bewohnern des Reichs der Mitte, die es verdient haben und solchen, die ein ganz anderes Paradies verdienen, ein Paradies, das ...«

»Ein Paradies ist ein Paradies«, unterbrach Lü den Meister. »Na gut, gib mir den Beweis, es wird dir nicht gelingen.«

Die übrigen Schüler von Meister Li hatten den Disput aufmerksam verfolgt, war das doch etwas, was sie nicht alle Tage erleben konnten. Im Gegensatz zu Lü hielten sie des Meisters Worte durchaus für wahr.

Sich genau an die Anweisungen im Buch der zwei Gärten haltend, verabreichte Li dem ungläubigen Pu-wei jene Mischung zweier Essenzen aus Drachengalle vermengt mit Mistelsamen und vergorenem Einhornspeichel, sodass dieser auf einem rasch herbei geschafften Bett in ein Koma fiel, aus dem er sich allmählich verabschiedete, indem er immer unsichtbarer wurde, bis er schließlich verschwunden war.

»Nun, für heute sei's genug!«, sagte Meister Li und blickte in die Runde. »Morgen um diese Zeit wird Pu-wei wieder unter uns weilen und uns berichten können. Wir sehen uns nach der neunten Stunde.«

Lü Pu-weis Rückkehr gestaltete sich spektakulär.

Pünktlich zur neunten Stunde hatte sich alle vor Meister Lis Hütte versammelt. Doch – nichts geschah. Zunächst wenigstens. Doch dann formierte sich ein zarter, nebelartiger Umriss auf dem Bett, wurde kompakter, bis schließlich Lü Pu-wei in voller Gestalt wieder dalag. Er schlug die Augen auf und als sein Blick auf Meister Li fiel, verspannten sich seine Gesichtszüge.

Er sprang auf, fiel vor dem Philosophen auf die Knie und sagte: »Meister, ja, ich sage Meister zu Euch. Ich bitte Euch inständig, meinen Unglauben zu verzeihen.«

»Du warst also im Paradies?«, fragte Li T'ai-p'o, denn auch für ihn war dies ein neuer Versuch zur Erkenntnisgewinnung gewesen. »Und? Nun steh' schon auf!«

»Ich war im Paradies, es war schön und schrecklich zugleich. Ihr habt recht gehabt, es gibt zwei Erscheinungsformen. Die unglaublich zahlreichen und unterschiedlichsten Wesen, Tiere, Pflanzen, dazu lebendig wirkende Felsformationen bevölkern es – das ist das eine Paradies, in dem reges Treiben herrscht und Freude am Dasein. Und dann ist da auch doch diese Musik, die alles erfüllt.«

Er stockte, wusste nicht, wie fortzufahren.

»Ja, und?«, fragte Meister Li.

»In dem anderen Paradies befand ich mich. Ich konnte das Leben und bunte Treiben bewundern, doch ich selbst konnte mich nicht bewegen. Ich befand mich in der Gestalt eines Hasen, schien also ein langes Paradiesleben vor mir zu haben. Doch ich konnte mich nicht rühren, war festgehalten in einem starren Paradies, das wie ein Bild plan war. Und wo alles fixiert war wie Farbe auf einem Blatt Papier. Und ich hörte jene Musik, doch sie war unwirklich, prallte an mir ab und drang nicht in mich ein, wiewohl ich mich danach sehnte. Es war schrecklich.«

Wieder warf er sich vor Meister Li auf die Knie.

»Nie wieder will ich an Euch zweifeln, Meister!«

EINE FEINE NASE

Es gab keinen Zweifel: Miu Po-ta war verliebt.

Und Meister Li freute sich darüber. Po-ta war sein jüngster Schüler, und zwar in zweierlei Beziehung: Er war erst vor zwei Monden zu seiner Schülerschar gestoßen und er zählte gerade einmal zwanzig Lenze. Er war bescheiden im Auftreten und schüchtern dem anderen Geschlecht gegenüber.

Und nun war er verliebt. Seine Augen strahlten das große Glücksgefühl in die Welt, sodass Meister Li T'ai-p'o unwillkürlich – was sonst nicht seine Art war – herausplatzte:

»So stell' sie mir doch vor, ich bitte dich!«

»Wirklich, Meister?« Po-ta konnte es nicht fassen, dass sein angebetetes Vorbild an seinem Glück teilhaben wollte.

Am nächsten Morgen wehte ein kleiner Wind vom Gebirge her, als das junge Paar vor Meister Li auftauchte.

»Das ist Mei-hua, Meister«, stellte der Jüngling seine wirklich bezaubernde Freundin vor.

Li T'ai-p'o, der den säuselnden Morgenwind liebte, der den Tag als angenehm ankündigte, war einen Moment abgelenkt. Die Frische der Luft des neuen Tages fehlte, vielmehr gab es einen ungewohnten Duft, der nicht hierher passte.

Er musste nicht lang überlegen:

»Heißt dieses Mädchen mit Familiennamen Hu?«, fragte er. Und als Po-ta nickte, fuhr der Meister fort: »Und ich wette, dass sie so achtsam mit ihrer Kleidung umgeht, dass sie sie kaum wechseln muss.«

Und wieder nickte der junge Mann. Doch Mei-hua wich vor Li zurück, erschreckt und wütend.

Li T'ai-p'o wusste, dass er recht hatte: »Dann gib dich zu erkennen als das, was du bist!« Er machte gleichzeitig eine beschwörende Geste, wie es ihn sein Taoistenfreund K'ang gelehrt hatte.

Mit einem leisen »Plopp« stand ein uraltes Weib neben Po-ta: Mit einem Aufschrei des Entsetzens sprang der junge Mann zur Seite.

»Ich musste dir helfen!«, sagte Meister Li. »Du musst wissen, dass du es mit einer Fuchsfrau zu tun hast. Diese nennen sich oft

Hu ›Tiger‹, was mit einer anderen Betonung und einem anderen Schriftzeichen ›Fuchs‹ bedeutet. Außerdem wechseln sie so gut wie nie ihre Kleidung, da diese nie unansehnlich wird. Aber einen gewissen Duft annimmt ...«

»Mir wird schlecht!«, würgte Po-ta. »Das soll Mei-hua sein?« Und wankte zum nächsten Gebüsch.

Die entlarvte Fuchsfrau fauchte Meister li wütend an, wagte es aber offensichtlich nicht, ihn anzugehen.

Dieser lächelte nur: »Du hast das Verfallsdatum schon längst überschritten, du dämonische Figur. Verschwinde!«

Mit einem zweiten »Plopp« war die Erscheinung verschwunden.

DAS DRACHENEI-SPIEL

Sportliche Betätigungen gehörten nie zu Meister Lis bevorzugten Beschäftigungen. Er liebte es, kleine Wanderungen rund um den See zu unternehmen; ein oder zwei Mal im Jahr raffte er sich auch zu einer längeren Tour auf, die ihn mal hierhin, mal dorthin führte. Meistens geschah dies aus einem plötzlichen Einfall heraus; nichts war geplant. Wo er letztlich landete, war in der Regel eine Überraschung. Und meist brachte der Meister von solchen Ausflügen auch ein oder mehrere Andenken mit, oft genug Kuriositäten, die manch anderer überhaupt nicht beachtet hätte.

Zu den seltsamsten Stücken gehörte ein Gebilde, das er nicht einordnen konnte. Zunächst dachte er, dass es sich um einen Stein handelte, doch dann waren ihm Zweifel gekommen. Es war nicht rund und auch nicht oval, schien irgendwie verbogen und krumm und bildete doch eine in sich ruhende Einheit. Von der Größe her ähnelte es einer kleinen Melone.

Vielleicht, weil er nicht genau wusste, worum es sich handelte, hatte er es damals, als er es vor etwa vier Jahren in den »Bergen der lichten Höhe« gefunden hatte, eingesteckt und nach seiner Rückkehr an den T'ung-t'ing-See beiseitegelegt. Am gestrigen Abend war ihm das »Ding«, wie er es in Gedanken nannte, in die Hände gefallen; er hatte nicht gewusst, was damit anfangen, und hatte es schließlich außen links neben die Tür gelegt.

Als er am heutigen Tag nach den ersten zwei Unterrichtsstunden die übliche Pause eingelegt hatte, um seine gewohnte Tasse Tee aufzubrühen, hatte wohl einer der Schüler den melonenähnlichen Brocken entdeckt. Und nun spielten sieben junge und ältere Männer mit diesem »Ding«. Und zwar Tsu-chüh.

Dabei wurde in alten Zeiten ein aus Flicken genähter Lederball von zwei Mannschaften gespielt, wobei es darauf ankam, den Ball mit Fuß oder Knie von einem Mann zum anderen zu befördern. Dabei durfte die Lederkugel allerdings nie den Boden berühren. Welcher Mannschaft das besser gelang, die war Sieger im Wettbewerb. Auch wenn Tsu-chüh über Jahrhunderte auch als militärisches Training benutzt wurde, wurde es später fast vergessen. Umso erfreuter war Meister Li, als er seine Schüler spielen sah. Auch wenn nur eine Mannschaft sich darin übte. Offenbar hatte einer seiner Anhänger sein Wissen über das alte Spiel eingebracht.

Li T'ai-p'o kostete; sein Tee hatte die richtige Temperatur. Er nahm die Tasse und setzte sich ins Freie, um zuzusehen. Sollten sie nur spielen, selbst wenn dadurch eine Unterrichtsstunde ausfiel. Solches Spielen brachte dem Menschen Ausgeglichenheit, das hatte vor langer Zeit bereits der Philosophenkollege Wang Fu-shih festgestellt.

Obwohl das »Ding« ziemlich kompakt und damit hart war, schien das den Spielern nichts auszumachen. Fast im Rhythmus gaben sie den Ball weiter, bis schließlich der jüngste unter ihnen, er hörte auf den Vornamen Ro-in, daneben trat. Statt ihn aufzuheben, nahm er kurz Anlauf und trat zu – wollte offenbar seiner Wut über sein Versagen auf diese Weise Ausdruck verleihen. Er trat zu, doch der Brocken blieb einfach liegen, bewegte sich keinen Millimeter.

Ro-in trat verwundert einen Schritt zurück, dann noch einen und wollte wieder zutreten, da ertönte eine Stimme.

Eine Stimme in Meister Lis Kopf, aber offensichtlich auch in den Köpfen der sieben Spieler, wie ihren verdutzten Mienen anzusehen war:

»Ihr tut mir weh. Wer einem Drachenkind Schmerzen zufügt, wird bestraft, das weiß doch jeder!«

»Was ist das?«, rief Ro-in. »Was ist das für eine Stimme in meinem Kopf?«

»Ihr spielt mit einem Drachenei und ich befinde mich darin, wie es sich gehört, denn wir kleinen Drachen brauchen lange Jahre, ehe wir in die Welt hinausdürfen.«

Meister Li erhob sich und trat zu den Spielern.

»Das habe ich nicht gewusst. Ein Drachenei also habe ich damals gefunden. Der noch nicht geborene Nachwuchs ist dem Drachengeschlecht heilig. Und: Auch die Kleinsten von ihnen haben schon ungeahnte Kräfte.«

»So ist es«, bestätigte die Stimme in Meister Lis Kopf. »Gegen das Spiel habe ich nichts, denn es ist lustig, durch die Luft zu fliegen und die Welt von oben zu sehen. Doch so ein Tritt bereitet mir große Schmerzen. Wenn ihr damit nicht aufhört, wird es allen Spielern leidtun. Sie alle werden getreten, wo es besonders wehtut!«

Offenbar hörten das auch die sieben Spieler, denn Ro-in lachte kurz auf, sagte: »So ein Blödsinn! Gibt es überhaupt Dracheneier?« Die sechs anderen Spieler nickten beifällig. Und der Älteste unter ihnen bestätigte: »Unsinn ist das!«

Ro-in grinste, während er Anlauf nahm: »Was kann uns so ein Ei schon antun ...«

Und trat zu.

In dem Augenblick, als seine Fußspitze das Drachenei berührte, schrie er grell auf und die sechs anderen Spieler mit ihm. Sie krümmten sich und fassten sich an den Unterleib. Ihr männlichstes Teil schien in einer Schmerzexplosion zertrümmert worden zu sein.

Meister Li stand hilflos neben den sich am Boden wälzenden Männern. Er wusste zunächst nicht, was tun, und dachte: Wer nicht hören will, muss fühlen.

Und er wunderte sich nicht, dass das Drachenei-Spiel wie wieder aufgeführt wurde.

DER BESCHVETZER

Die Hütte von Meister Li lag etwas abseits von den Fischerdörfern rund um den T'ung-t'ing-See, sehr zum Missfallen einiger seiner Bekannten und Freunde. Nicht nur, dass es auf diese Weise beschwerlicher war, dem Philosophen-Poeten einen Besuch abzustatten; so mancher machte sich auch Sorgen, dass der verehrte Li T'ai-p'o eines Tages Opfer eines unliebsamen Gastes werden könnte. Gerade im Frühling, aber auch schwerpunktmäßig in den Wintermonaten, streiften oft Wanderarbeiter durch die Region, immer auf der Suche nach einer Verdienstmöglichkeit und sei es nur Verköstigung und Logis. Doch wenn nichts gelingen mochte, kam es auch zu Überfällen. Und seinen Freunden schien der friedfertige Meister Li allzu wenig in der Lage, sich gegen eine solche Bedrohung zur Wehr zu setzen.

Lange Jahre ging alles gut, die Sorgen um das Wohl des beliebten Weisen schienen unbegründet. Bis es eines Tages doch geschah, unverhofft und vielleicht deswegen umso schreckenerregender.

Li T'ai-p'o hatte einen anstrengen Tag hinter sich. Die Fragelust seiner Schüler war an jenem Spätfrühlingstag geradezu gigantisch gewesen und so nachhaltig fordernd, dass er nach insgesamt sechsstündiger Diskussion die weitere Beantwortung auf den nächsten Tag verschoben hatte. Die Schüler waren ohne Murren seiner Aufforderung gefolgt und hatten sich entfernt, um dem Meister die nötige Ruhe zu geben. Und Li hatte sich als Erstes einen Tee gebrüht – von seiner Lieblingssorte »Hao K'an-de hen«, was man etwa mit »Liebreiz« übersetzen könnte, denn er kannte dessen entlastende Wirkung.

Er hatte sich gerade einen Becher eingeschenkt und wartete darauf, dass der aufsteigende Duft ihn zum Genuss einlud, da stand ein Fremder an seiner Tür, die er mit einem Fußtritt geöffnet hatte.

»Her mit dem Geld, alter Mann«, zischte der Unbekannte mit einem sichtlich nördlichen Akzent. Er war noch jung und unbeherrscht. »Du hast Tee für mich? Wie fürsorglich!«

Er griff nach dem Becher und schüttete ihn sich in den Rachen.

»Ihr müsst ihn langsam trinken, jeden kleinen Schluck auf der Zunge wirken lassen!« Meister Li gab diesen Rat mit leiser Stimme, als sei es alltäglich, von einem Unbekannten das Getränk weggenommen zu bekommen.

»Willst du mir sagen, was ich zu tun habe?«, fragte der Fremde und schenkte aus dem Brühgefäß nach. Er hatte offensichtlich kein Benehmen und auch keine Achtung vor dem Alter, wie es dem Jüngeren gebührte.

»Ich habe gerne Gäste, aber leider kann ich nicht viel anbieten«, sagte Meister Li, »aber was ich habe, werde ich gerne mit dir teilen.«

»Teilen, alter Mann?«, fragte der ungehobelte Besucher. »Ich nehme mir von dir, was ich will, verstehst du? Also, her damit? Wo hast du dein Geld versteckt?«

»Geld?« Li lächelte. »Ich habe kein Geld. Alles, was ich brauche, geben mir die Leute vom See oder meine Schüler.«

»Ich habe gesagt: Geld her, oder ...«

Der Fremde hob die zur Faust geballte Hand, als wollte er zuschlagen.

»Ich werde ...«

Ein Schatten löste sich aus der hinteren Hüttenecke und stürzte sich auf den Eindringling.

Zwei Kinder, die in der Nähe spielten, berichteten später von einem jungen Mann, der in Panik aus der Hütte gestürzt und in Richtung der Berge geflohen war.

Angeregt durch die Erzählung der Kinder, sammelte sich am Abend eine Gruppe von Fischerleuten und Schülern des Philosophen vor dessen Hütte. Alle wollten Genaueres erfahren. Meister Li wollte zunächst nichts berichten, doch dann gab er dem Drängen nach.

»Einige unter euch haben mich lange Jahre bestürmt, ich solle meine Hütte aufgeben. Es gebe keinen Schutz gegen unliebsamen Besuch. Nun, ihr seht, ich habe einen Beschützer.«

»Was für einen Beschützer?«, wollte Pao-pao wissen, der ihn seit Langem verehrte.

»Nun«, der Meister schmunzelte. »Ihr erinnert euch vielleicht noch an euer Fußballspiel vor meiner Tür, es ist wohl etliche Monate her. Damals konnte ich einem kleinen Drachen helfen, der verzweifelt war, aber sich doch zu wehren wusste.«

»Es tut uns noch heute leid«, sagte Pao-pao und meinte es aufrichtig. »Das hätten wir nicht tun dürfen, aber wir wussten eben nicht Bescheid.«

Li T'ai-p'o lächelte.

»Nun, es hat sich alles zum Guten gewendet, Und, was ihr nicht wissen könnt: Heute hat sich der Drache bei mir bedankt. Denn seitdem ist er mein Beschützer.«

»Wie das, Meister?«, fragte einer der Fischer.

»Als Wundertier kann der Drache klein sein wie eine Raupe und riesig wie die Unendlichkeit, er kann sich aber auch unsichtbar machen. Klein wie eine Spinne hat er in einer Ecke der Hütte über mich gewacht. Unermüdlich, Tag und Nacht. Jetzt kann er sich wieder ausruhen.«

Meister Li deutete schweigend nach oben.

Über seiner Hütte schwebte majestätisch ein gewaltiger goldfarbener Drachen, der nun, als alle seiner gewahr geworden waren, in Windeseile zu einem winzigen Etwas zusammenschrumpfte und in der Hütte verschwand.

Meister Li wurde nie wieder bedrängt.

TRAUMFRAU

Wurde Meister Li um Rat gefragt, bemühte er sich jedes Mal nach Kräften, zu helfen. Nicht immer war es einfach, den Sachverhalt abzuklären und verständlich an den Fragenden weiterzugeben; es kam allerdings auch vor, dass seine gut gemeinten Hinweise nicht verstanden, sondern bewusst missverstanden wurden.

Zu seinen Schülern gehörte ein gewisser Ming Tsu-pao, ein sehr zurückhaltender Bauernsohn aus dem Nordwesten der Provinz. Sehr bemüht, die Lehren des Meisters zu verstehen und, soweit es ihm möglich war, in die Praxis umzusetzen, litt Tsu-pao unter seiner Schüchternheit, Frauen gegenüber. Egal, ob es sich um junge Mädchen oder ältere Familienangehörige handelte, sobald etwas Weibliches auch nur in die Nähe von Lis Hütte und seiner Schülerschar kam, war Tsu-pao verschwunden.

Bis der junge Mann eines Tages ratsuchend vor Li T'ai-p'o stand. Der Meister sah seinem Schüler an, dass etwas Schwerwiegendes geschehen sein musste, daher winkte er ihn in die Hütte. Dort waren sie ungestört.

Beweis dafür, dass es für ihn um etwas sehr Wichtiges ging, war die Tatsache, dass Tsu-pao gleich zu Sache kam:

»Seit vielen Nächten hatte ich Albträume. Ich wurde verfolgt von einer jungen, aber ziemlich unansehnlichen Frau, die mir nachstellte und die, weil ich nichts von ihr wollte, mich körperlich misshandelte. Wenn ich erwachte, fand ich Spuren ihrer Zähne am ganzen Körper und Kratzspuren an den Armen. Und das jeden Morgen aufs Neue. Schaut her!«

Tsu-pao schon die Ärmel hoch und den Kragen beiseite. Unbestreitbar gab es Spuren solcher Misshandlungen. Meister Li besah sich schweigend die Wunden.

»Wie soll ich dir helfen?«

»Nun«, der junge Mann wand sich wie ein Wurm an der Angel. »Ich ... ich meine ... Nein, ich habe vergangene Nacht einen anderen Traum gehabt. Darin wandelte sich diese Frau unversehens in eine andere, eine richtige Schönheit. Sie umschmeichelte und streichelte mich und war sehr lieb zu mir.«

Tsu-pao schwieg.

»Ich weiß immer noch nicht, was du von mir willst«, sagte Li. »Was also führt dich wirklich zu mir?«

»Wisst Ihr, Meister, diese zweite Frau hat gesagt, wenn ich sie heirate, dann wird es immer so sein.«

»Heiraten?«

»Ja, das hat sie gesagt. Aber wie kann ich eine Frau, die mir im Traum erscheint, heiraten?«

Li T'ai-p'o ahnte nun, worauf das Ganze hinauslief.

»Ich erinnere mich, dass es im Altertum hieß, sogenannte Traum -Geister, bekannt als Meng-kui, können sich materialisieren, sobald sie sich mit einem lebenden Menschen verheiraten ...«

»Das ist also möglich?«

Meister Li zögerte:

»Lass mich in meiner Bibliothek nachsehen! In der Sammlung Mo-fa-ching chih-shu »Sieben Klassiker der Magie« gibt es das Wan -ku Shu »Buch der zehntausend Dämonen«, da müsste etwas dazu ... Ah, da habe ich es.«

Li T'ai-p'o vertiefte sich in diesen Bücherschatz, der von taoistischen Adepten und Dämonenbeschwörern sehr gesucht wurde, und sagte auf einmal:

»Da ist es! Hör genau zu, ich lese dir vor, was unsere Vorfahren dazu wussten: Wenn Traumdämonen sich mit Menschen vermählen, können sie dadurch sichtbar werden. Wenn sie sich in den Träumen mit einem Mal von ihrer besten Seite zeigen, ein schönes Aussehen erhalten und ...«

»Das ist es!«, rief Tsu-pao und rannte aus der Hütte. Ich werde sie heiraten!«

»Bleib doch!«, rief ihm Meister Li hinterher, doch der Bauernsohn hörte nicht mehr hin. Er strebte seinem ehelichen Glück zu.

Der Meister zuckte mit der Achsel, denn er wusste, aufzuhalten war sein Schüler nicht mehr. Er glaubte, sein Glück gefunden zu haben.

Tsu-pao tauchte erst etwa einen Monat später wieder auf. Blass und verhärmt schlich er sich heimlich in Lis Hütte, wo er als Häuflein Elend von seinem Lehrer aufgefunden wurde.

»Es ist Schreckliches passiert, Meister!«, schluchzte er. »Ihr habt mit doch aus dem Buch vorgelesen, und als ich das gehört habe, war ich überzeugt ...«

»Du hast mir nicht bis zum Ende zugehört«, sagte Li T'ai-p'o. Und das tut mir leid. Denn da hieß es weiter: ... so ist Vorsicht geboten. Denn durch die Verkörperlichung werden die gezeigten positiven Attribute zunichtegemacht und in das ursprüngliche Gegenteil gekehrt..«

»Ja«, bestätigte Tsu-pao. Und zeigte Spuren seiner Frau an seinem Körper: Bisse und Kratzer. »Und hässlich ist sie auch wieder.«

»Ich bin ehrlich betrübt«, sagte Meister Li. »Warum konntest du dir nicht alles anhören, was die Alten wussten?«

KLEINE DINGE

Mehrmals am Tag pflegte Meister sich aus der Gruppe seiner Schüler zu lösen und sich an bestimmte Stellen der Umgebung hinzusetzen. Diese Orte hatten sich im Laufe der Jahre als geeignet für das herausgestellt, was Li T'ai-p'o brauchte: Ruhe, Besinnung, auch Beschaulichkeit.

Nur wenige seiner Schüler wurden gelegentlich auch einmal eingeladen, an einer solchen Stunde teilzuhaben; meistens freilich wollte der Meister mit seinen Gedanken alleine sein. Und das respektierten alle. Außer einem jungen Mann aus der südwestlichen Provinz, der sehr umtriebig war.

Sein Name war Kang Yu-mei und seine Unrast fiel im Rahmen der restlichen Gefolgschaft von Meister Li eher unangenehm auf. Er pflegte sich nämlich gegen Abend regelmäßig zu verabschieden und in den umliegenden Dörfern Tanzveranstaltungen zu besuchen, manchmal auch Familienfeste, in die er sich als uneingeladener Gast dreist einschlich.

Am Morgen war er immer pünktlich zu Unterrichtsbeginn zur Stelle, meist unausgeschlafen und matt, sodass es ihm offensichtlich schwerfiel, den Ausführungen des Meisters zu folgen. Die anderen Schüler, die durchaus Anstoß an diesem Verhalten nahmen, zollten Li durchaus Respekt wegen seines Langmuts, mit dem er Kang gewähren ließ. Doch groß war die Überraschung, als er ausgerechnet diesen Yu-mei eines Nachmittags einlud, ihn zu der Mußestunde zu begleiten.

Am meisten freilich verwirrt war Kang Yu-mei selbst, denn mit einer solchen Einladung hatte er am allerwenigsten gerechnet. Doch da es allgemein als eine große Ehre galt, vom Meister mitgenommen zu werden, folgte er gerne, hob es doch sein Ansehen in der Gruppe.

Li T'ai-p'o sprach kein Wort, während er sich mit seiner Begleitung in einen lichten Bambushain begab, wo ein mit Moos bewachsener, fast kreisrunder Fleck zum Sitzen einlud. Kang Yu-mei wartete darauf, dass der Meister etwas sagte, doch dieser blieb stumm und ließ seine Augen wandern.

Es war eine erkleckliche Zeit vergangen, als Li sich an seinen Schüler wandte:

»Ich merke, dass du ungeduldig bist. Du wartest auf etwas, was aber nicht kommen wird. Du hast eine große Unruhe in dir, musst andauernd etwas unternehmen. Warum versuchst du es nicht einmal mit Abwarten, mit Geduld? Nichtstun ist nicht nichts tun, denn auch dann ereignet sich viel, wenn du nur darauf achtest.«

»Aber, Meister!«, die Antwort kam schnell. »Das Leben ist so kurz im Vergleich zur Ewigkeit, muss ich nicht darauf achten, möglichst viel zu erleben? Jeder Tag, der vergeht, ohne dass ich ihn nutze, ist ein verlorener Tag, oder?«

Meister Li erhob sich, trat zu einem der starken Bambusstängel, wo er etwas entdeckt hatte. Vorsichtig pflückte er dieses Etwas ab und setzte sich wieder neben Kang Yu-mei, der neugierig auf die Hand starrte, die sich nun öffnete. Darin saß eine winzige Schnecke, die so klein war, dass es als Wunder gelten konnte, dass des Meisters Augen sie erspäht hatte.

»Hast du schon einmal darüber nachgedacht, was bleibt von deinem nächtlichen Treiben, deinem unsteten Hin und Her. Deiner Unrast? Sieh dagegen diese winzige Schnecke. Sie hat alle Zeit der Welt. Meinst du, sie ist unzufriedener, weil sie sich nicht so betätigen kann wie du? Und du, bist du zufriedener, nur weil du ...«

»Meister«, unterbrach Yu-mei seinen Lehrer. »Gibt es das überhaupt: Zufriedenheit?«

»Ich bin zufrieden«, sagte Meister Li mit Nachdruck. »Nimm diese Blüte, die neben dir aus dem Moos wächst. Ist sie nicht wunderbar in ihrer blauen Schönheit? Oder nimm den Himmel, soweit du ihn zwischen den Bambusblättern hindurch erkennen kannst: Siehst du ganz links diese kleine, fedrige Wolke?«

»Das sind alles kleine, unwichtige Dinge«, antwortete Kang Yu-mei. »Geht es nicht um große Zusammenhänge, auf die es ankommt?«

»Alles Große besteht aus kleinen Dingen und nur über die kleinen Dinge können wir das Große erreichen.« Meister Li sah seinen Schüler prüfend an. Er war sich nicht sicher, dass jener verstand, was er ihm sagen wollte.

LOESCHVERSUCH

Als der Kiefernwald hinter dem Dorf zum dritten Mal innerhalb von sieben Tagen brannte, erinnerte sich der Dorfälteste Peng Tu an die Worte seines Freundes. Li T'ai-p'o, Poet und Philosoph am Ufer des T'ung-t'ing-Sees, hatte ihm beim abendlichen Genuss einer Schale Reiswein gesagt: »Der Drache ist Gefährte und Fahrzeug des Himmelssohnes. Er ist sein Werkzeug und die Lösung zahlreicher Probleme.«

Und hatte hinzugefügt: »Bedenke immer, manchmal ist die Bewältigung eines Problems verbunden mit einer Niederlage.« Eingedenk dieser Worte und da es sich um die Rettung der ewiges Leben symbolisierenden Kiefern handelte, begab sich Peng Tu zum Drachenpark unweit des Felsens der unkeuschen Jungfrauen. Und siehe da: Lung-tzu, der Meister aller geflügelten und ungeflügelten Drachen, wusste Abhilfe, nachdem der Dorfälteste ihm seinen Kummer geschildert und mit den Worten geschlossen hatte: »Die Symbole der Ewigkeit, die schwarzen Kiefern, dürfen nicht vergehen!«

Meister Lungs Antwort klang verheißungsvoll: »Ich werde dir meine neueste Züchtung vorstellen: einen Drachen, der kein Feuer spuckt, sondern es verschluckt, weil er von seiner Glut lebt. Noch hat der junge Drache keine Erfahrung mit der Feuervernichtung, denn bislang habe ich ihn bei mir am offenen Feuer ernährt. Wenn du willst, dass er dir und den Deinen hilft, dann werde ich zu dir kommen, indem ich auf ihm reite, um ihm zu zeigen, wie er sich zu verhalten hat.«

Gesagt, getan.

Zur Freude aller Dorfbewohner und des Dorfältesten gelang es dem jungen Drachen, alle Flammen des brennenden Kiefernwaldes in sich aufzusaugen. Die Bäume der Ewigkeit waren gerettet. Lung-tzu, der Meister aller geflügelten und ungeflügelten Drachen, triumphierte, bis – der Drache in einer riesigen Eruption aus der Mitte des Körpers heraus zerbarst. Zu viel der Flammen hatte er in sich aufgenommen, glühend heiße Blähungen hatten ihn zerrissen. Seine Unerfahrenheit war ihm und seinem Herrn zum Verhängnis geworden.

Da somit der Meister aller geflügelten und ungeflügelten Drachen dem Feuerball ebenfalls zum Opfer gefallen war, blieb das Zuchtgeheimnis Feuer fressender Drachen ein Geheimnis. Zum Schaden der Kiefern, die beim nächsten Schadensfeuer verbrannten.

ORDNUNG MUSS SEIN

Als der dreischwänzige Katzendämon zum elften Mal innerhalb von sieben Tagen vor Meister Li T'ai-p'o auftauchte, riss dem Meister der Geduldsfaden. Es war untypisch für den Philosophen und Poeten, dass er aufbrauste, aber zu viel war einfach zu viel.

»Verschwinde!«, herrschte er den Geist an, der ihn mit einer Fratze, die das Gesicht zu einer einzigen Mundhöhle verzog, zu erschrecken versuchte.

Meister Li hatte gewusst, dass er mit Reaktionen nicht nur der Bewohner der Region um den T'ung-t'ing-See, sondern auch der hier heimischen nichtmenschlichen Erscheinungen rechnen musste, als er sich entschlossen hatte, hier sein Domizil aufzuschlagen. Und zuerst hatte er die sich wechselweise vor ihm produzierenden Gespenster, Geister und Feen mit Geduld ertragen.

Nach etwa einem Jahr hatte das merklich nachgelassen. Nur diese Reinkarnation einer ertränkten Katze hatte nicht nachgelassen, ihn durch plötzliches Erscheinen zu erschrecken oder nachts vor seinem Bett aufzutauchen und ihn mit einem hell-schrillen Schrei aus dem Schlaf zu reißen. Meister Li hatte den Eindruck gewonnen, dass dieses Treiben mit der Zeit immer schlimmer wurde.

Jedenfalls hatte er jetzt genug davon.

Der Katzendämon hatte ihm nie seinen Namen genannt, daher schockte nun Li T'ai-p'o seinen unliebsamen Besucher mit den Worten:

»Ich nenne dich Ming Pu-kou, will sagen: der mit dem unaussprechlichen, weil nicht existierenden Namen. Wer keinen Namen hat, den gibt es nicht. Woher also nimmt so jemand die Dreistigkeit, bei mir zu erscheinen? Vielleicht solltest du erst einmal erreichen, dass man dich benennen kann.«

Der Katzendämon, normalerweise etwa ein Drittel so hoch wie ein Mensch, schrumpfte merkbar vor dem Philosophen, der ihn mit ernstem Blick ansah. Mit diesem Blick, der besagte, wie unsäglich traurig es war, wenn man über keinen Namen verfügte.

»Aber, aber ...«, stammelte der Dämon. »Ich will mir doch einen Namen machen, indem ich zweimal in der Woche ...«

Meister Lis Lachen drückte alles Mitleid aus, dessen er fähig war.

»Weil du mir auf die Nerven gehst? Wie kann man nur so dumm sein! Du bist ja noch nicht einmal in der Lage, dir zu merken, wie oft du in den letzten Tagen bei mir warst. Merke dir: Ordnung muss sein. Wenn dir das nicht gelingt, werde ich dich jedes Mal auslachen und dich als Ming Pu-kou titulieren. Und ich werde ein Schild an meiner Hütte anbringen, auf der stehen wird, dass hier bei mir ein absolut unfähiger Möchtegerndämon sein Unwesen treibt und – gegen Entgelt natürlich – besichtigt werden kann.«

Der Katzendämon blickte ratlos. Ordnung? Seine drei Schwanzspitzen zuckten wild in einem ungeordneten Rhythmus. Und: Zurschaustellung seiner selbst?

»Was ... Äh, was soll ich machen, damit ...«

Meister Li lachte nun befreit, er merkte, dass er die richtige Falle gestellt hatte.

»Du wirst erst einmal dein vergangenes Auftauchen bei mir dokumentieren, fein säuberlich in Tabellen eintragen. Dann musst du den Schnitt daraus ziehen und berechnen, wie lange du darauf verzichten musst, mich zu besuchen, da du dein Quantum überzogen hast. Und dann ...«

Der Dämon nickte und – war mit einem Mal verschwunden.

Für immer.

MEISTER LI
UND DER REICHTUM

Es war eine einfache Hütte, in der Li T'ai-p'o am Rande des T'ung-t'ing-Sees wohnte. Er hatte sie bezogen, als er als junger Mann hierhergekommen war, und er sah keine Veranlassung, diesen Zustand auch nur im Mindesten zu ändern. Und auch seine ganze Lebensführung war in jeder Beziehung bescheiden zu nennen. Für nicht wenige seiner Schüler war dies fast unglaublich und so mancher war versucht, dem Meister diesbezüglich eine oder zwei Fragen zu stellen. Doch der große Respekt vor der menschlichen Größe und Integrität ihres Lehrers verhinderte, dass solche Neugier befriedigt wurde.

Bis Kang Kang-fu auftauchte und darum bat, sich in die Schülerschar einfügen zu dürfen. Wenn er auch zunächst sehr bescheiden auftrat, so ließen sein Gewand aus edlem Stoff und seine Sandalen aus geflochtenem Kalbsleder doch erahnen, dass er aus begüterter Familie stammte. Dem Meister war dies gleichgültig, denn ob jemand Geld hatte oder nicht, spielte für ihn nicht die entscheidende Rolle. Wichtiger waren vielmehr helle Intelligenz und rasche Auffassungsgabe. Und natürlich ein gerüttelt Maß an Menschlichkeit.

Eines Tages hielt es Kang-fu nicht mehr aus. Ein so berühmter Mann wie Meister Li wohnte in einer so ärmlichen Behausung. Warum eigentlich?

Und genau diese Frage stellte er Li T'ai-p'o, als er ihn eines Tages noch früh am Morgen vor der Hütte antraf und kein anderer Schüler anwesend war.

»Was für eine Frage«, lächelte Meister Li nachsichtig. »Weil es mir so gefällt. Das zum einen und zum anderen, weil ich nicht mehr benötige.«

»Aber Geld ...«

»Ich habe alles, was ich brauche. Geld gehört nicht dazu!«

»Aber Ihr könntet Honorar verlangen von uns allen, die ihren Lehrer umlagern und an seinen Lippen hängen ...« Kang Kang-fu schaute sehr ungläubig. »Einige Silberstücke mehr haben noch niemandem geschadet, oder?«

Meister Li sah Kang-fu nachdenklich an. Er wusste, dass nicht wenige Menschen dachten wie sein Gegenüber. Er beschloss, eine seiner Lesefrüchte weiterzugeben in der Hoffnung, dass der andere verstand, was er ihm sagen wollte.

»In den ›Annalen vom Frühling und Sommer‹« gibt es eine Geschichte, die genau das erzählt, was ich dir sagen will. Daher will ich sie hier wiedergeben:

In Nanking, der Südlichen Hauptstadt, gibt es mehrere Fähren, die den breiten Fluss Jangtsekiang überqueren. Diese sind meist so überfüllt, dass die Gefahr besteht, dass sie kentern. Dies geschah eines Tages und alle Menschen darauf sprangen ins Wasser und strebten dem Ufer zu.

Dort gab es viele Zuschauer: Zum einen Gaffer, die sich daran ergötzten, was geschah. Und andere, die eigentlich helfen wollten, aber dies nicht konnten, da sie die Kunst des Schwimmens nicht beherrschten. Alle aber freuten sich, dass sich alle Passagiere der Fähre bis auf einen retten konnten. Dieser nämlich paddelte wie verrückt, kam aber nicht vorwärts.

Schließlich begannen die Leute am Ufer zu rufen, er solle sich beeilen, sonst würde er es nicht ans Ufer schaffen.

›Ich kann nicht!‹, schrie der Mann. An der Stimme des Schreiers erkannte einer am Ufer, wer da noch im Wasser war.

›Ich kenne dich!‹, rief er ihm zu. ›Du bist doch ein guter Schwimmer. Warum beeilst du dich nicht?‹

›Ich habe über tausend Silberstücke bei mir, die will ich nicht verlieren!‹, kam die Antwort zurück.

›Wirf die Münzen von dir und rette dich!‹

Doch diese Aufforderung wurde nicht befolgt. Und noch einmal hieß es vom Ufer: ›Rette dein Leben! Ist es nicht wichtiger als dein Geld?‹

Doch der Schwimmer, immer noch weit draußen, schüttelte den Kopf, während er weiterhin versuchte, vorwärts zu kommen.

›Ich habe so viel dafür gearbeitet‹, rief er. ›Ich darf sie nicht verlieren!‹

Noch einmal schüttelte er den Kopf. Dann versank er. Und mit ihm die Münzen, die wohl heute noch auf dem Grund des Jangtsekiang liegen.«

Meister Li schwieg und sah sein Gegenüber prüfend an. Hatte jener verstanden, was er sagen wollte? Doch der andere schwieg und sah ihn eher ungläubig an.

»Besitz kann auch eine Last sein, die dem Leben nicht bekommt.« Li T'ai-p'o wandte sich um und richtete seine Schritte zum See. »Ich habe, was ich brauche.«

KÜCHENGEHEIMNIS

Meister Li war irritiert.

Es war Tradition, dass er einmal im Jahr für seine Schüler ein Essen zubereitete, Lachsforelle aus dem T'ung-t'ing-See nach einem Familienrezept seiner Mutter. Dazu verwendete er einige spezielle Gewürze, die das ansonsten ziemlich bescheidene Mahl zu einem Festessen werden ließen.

Li T'ai-p'o freute sich immer auf diesen Tag im Sommer, der dem Yü wang-tse – dem im See wohnenden Fischgott – geweiht war. Dann brachte ihm einer der Fischer ein besonders prachtvolles Exemplar des köstlichen, goldbraunen Fisches, dessen Namen auszusprechen ein Tabu war.

Es war ihm schieres Vergnügen, die Gabe aus dem See auf seiner einfachen Feuerstelle zuzubereiten. Und zwar nach einem alten Familienrezept, das er aus seiner Heimat hierher an den See mitgebracht hatte. Und dessen Einzelheiten er sorgsam hütete. Denn seitdem er einmal den Fehler gemacht hatte, den Regionalfürsten aus der Bezirksstadt anlässlich seines Besuches bei Meister Li zum Essen einzuladen, hatte es sich wie ein Lauffeuer verbreitet:

Li T'ai-p'o, der Sonderling vom T'ung-t'ing-See, ist ein Meisterkoch! Und immer wieder kamen gierige Reisende, die von dieser Köstlichkeit kosten oder zumindest das Rezept mitnehmen wollten. Doch selbst den üppigsten Angeboten widersetzte sich der Meister. Das Rezept seiner Mutter sollte, ja musste in der Familie bleiben.

Und es gab noch eine Besonderheit: Wenn Meister Li mit der Zubereitung des goldbraunen Fisches beschäftigt war, brauchte er absolute Ruhe; das Abschmecken verlangte seine volle Aufmerksamkeit, insbesondere das der Soße. Wertvolle Hilfe waren seine sieben Gewürztöpfe, die allesamt beschriftet waren, damit er keinen Fehlgriff tun konnte. Der wichtigste war der kleinste Topf, die Zeichen darauf waren kaum noch zu entziffern.

Doch diesmal vermochte sich Li nur mit Mühe zu konzentrieren. Er mochte Vögel, die ihm schon manchen Morgen mit ihrem Gesang verschönert hatten, aber dieses Hin- und Hergeflattere in seiner Küchenecke irritierte ihn.

Es handelte sich um einen Brillensperling, dessen weiße Augenringe aus dem winzigen Gesicht herausleuchteten. Wäre der Vogel auf einem bestimmten Platz sitzen geblieben, Meister Li hätte sich damit abgefunden, aber dieser andauernde Ortswechsel, dieses wirbelwindartige Flügelschlagen ... Fast hatte Li den Eindruck, er stünde unter Beobachtung.

Schließlich geschah, was geschehen musste: Der Meister wollte gerade nach jenem Gewürz in Topf sieben greifen und es in den Bauch des Fisches legen, um so den Genuss abzurunden, da schoss der Brillensperling auf ihn zu, als wollte er ihn angreifen. Li T'a-p'o wich zurück und schlug instinktiv nach dem Vogel, der allerdings ausweichen konnte.

Und mit einem Mal war er verschwunden, wie von Zauberhand, als habe es ihn nie gegeben.

Meister Li widmete sich, ohne weitere Gedanken zu verschwenden, wieder der Kochkunst. Das diesjährige Festmahl würde wieder großen Anklang finden. Und der Fischgott im T'ung-t'ing-See würde wie immer ein winziges Stück als Opfergabe erhalten. Tradition war Tradition.

Das Labor war hell erleuchtet. Sie hatten voller Erwartung vor der Maschine ausgeharrt.

»Da ist er!« Der geniale Erfinder hielt den zurückgekehrten Robotvogel wie einen riesigen Diamanten hoch: »Experiment gelungen! Wir haben, was Sie brauchen.«

»Das hoffe ich!« Auch Wang Fu-lung, Inhaber und Chefkoch des ersten deutschen China-Restaurants »Göttliches Aroma« mit zwei Michelin-Sternen, gab sich betont zurückhaltend, denn sicher konnte er erst sein, wenn er die Aufzeichnungen hatte überprüfen können.

»Ich muss noch einmal die Stelle in den Memoiren des damaligen Regionalfürsten nachlesen, damit mir kein Fehler unterläuft. Er hat so von diesem Essen geschwärmt, wenn ich das meinen Kunden vorsetze, dann ist mir der dritte Stern gewiss.«

Der Erfinder der Zeitmaschine, der auch die Konstruktion der Minidrohne in Form eines in Südchina heimischen Vogels verantwortete, war sehr zuversichtlich.

»Es hat doch alles geklappt. Der Vogel ist heil zurück. Begeistert bin ich, dass wir mit dieser Transtempora-Kamera das Geschehen von hier mitverfolgen konnten. Ich entnehme jetzt den Chip, dann können Sie das Rezept à la Li T'ai-p'o nachkochen.«

Gesagt – getan. Wang Fu-lung war begeistert. Jeder einzelne Handgriff Meister Lis war dokumentiert, sodass er akribische Aufzeichnungen machen konnte. Doch dann ...

»Was ist das?«, schrie er mit einem Mal auf. »Warum fehlt das letzte Stück. Ich kann nicht erkennen, was der Meister da im letzten Schritt in den Fisch hineinlegen will! Was ist das für ein Kraut oder ist es eine Kräutermischung?«

Wie von einem Federwisch gelöscht, verschwamm der letzte Handgriff vor den Augen des enttäuschten Restaurantbesitzers.

Der Erfinder versuchte, zu erklären: »Es musste ein intelligenter Robotvogel sein, der auf Selbsterhalt programmiert ist. Wäre er aus der Luft zu Boden geschmettert worden, wir hätten ihn überhaupt nicht wieder zurückbringen können. Aber wir sollten froh sein, dass wir zumindest das Grundrezept erhalten haben!«

Wang war viel zu viel Koch, um das akzeptieren zu können.

»Sie reden Unsinn! Das Grundrezept ist bekannt. Auf die letzten Feinheiten kommt es an!«

Und er fügte hinzu:

»Schade, dass ich Ihnen Ihr Honorar vorab gezahlt habe, ich müsste eigentlich so gut wie alles zurückfordern.«

Wutentbrannt griff er sich den ausgeworfenen Chip und verschwand auf Nimmerwiedersehen. Er hatte so eine Ahnung, was Meister Li letztlich in den Fisch hatte einlegen wollen.

Aber es war eben nur eine Ahnung. Denn der Fisch, eine Goldbrasse à la Li T'ai-p'o, hatte sogar an Wohlgeschmack verloren, als er einem ausgesuchten Kundenkreis serviert wurde.

Fatalerweise war darunter auch der Michelin-Tester.

Im nächsten Gourmetführer tauchte das »Goldene Aroma« gar nicht mehr auf. Beide Sterne waren Wang Fu-lung aberkannt worden.

TRAUM ODER WIRKLICHKEIT

Meister Li war eigentlich um Erklärungen nie verlegen, wenn es darum ging, seltsame Begebenheiten oder geheimnisvolle Erscheinungen zu erklären, daher waren seine Schüler sehr erstaunt, ihn am Morgen nach dem alljährlichen Mondfest verwirrt erleben zu müssen. So kannten sie ihn nicht. Und noch mehr erstaunte sie die Tatsache, dass ihr Meister Li an diesem Vormittag den Unterricht ausfallen ließ und für mehrere Stunden verschwunden war.

Li T'ai-p'o wollte unbedingt wissen, was in der vergangenen Nacht geschehen war. Daher besuchte er einen weiter entfernt wohnenden Nachbarn, der sein Vertrauen besaß, weil er nicht nur sehr belesen in den Klassikern und den Mystikern war; er besaß außerdem eine große Portion praktischer, am Alltag orientierter Vernunft. Das hatte Li schon immer imponiert. Diesen Nachbarn betrachtete er als seinen Freund.

Ming Yao-yü empfing Meister Li mit einem Lächeln auf den Lippen, wusste er doch, dass etwas Besonderes anstand. Andernfalls hätte Li T'ai-p'o den halbstündigen Fußmarsch nicht auf sich genommen, hasste er doch jede unnötige körperliche Anstrengung.

»Lieber Freund«, hörte der Philosoph und Dichter zur Begrüßung. »Was kann ich für dich tun?«

Der Meister kam sofort zur Sache.

»Wahrscheinlich hast du schon von meinem Nachbarn gehört, der seit einigen Jahren Bohnen züchtet: lange und schmale, breite und dicke, bunte und grasgrüne. Er hat schon die verrücktesten Kreuzungen durchgeführt, darunter eine von besonderer Art. Nach seiner Schilderung bildet diese neue Variante die längste Ranke, die jemals gewaschen ist. Sie soll bis zum Himmel reichen.«

Ming Yao-yü lächelte amüsiert: »Das ist zumindest gut erfunden, denn wie sollte eine solche Ranke bis ...«

»Entschuldige, dass ich dich nicht ausreden lasse«, unterbrach Meister Li seinen Freund. »Aber genau darum geht es.«

Er schwieg kurz, um sich zu sammeln, denn die Erinnerung an die vergangene Nacht war mit einem Mal wieder voll präsent.

»In der Nacht hatte ich einen Traum, der mich sehr beschäftigt, weil ich nicht weiß, was ich davon halten soll. Ich kletterte auf der Bohnenranke meines Nachbarn nach oben, immer weiter und weiter. Stell dir das einmal vor: Du weißt, dass ich sportliche Aktivitäten nicht schätze. Und dann träume ich, dass ich mich an dieser Ranke total verausgabe! Ich kletterte immer weiter empor, bis ich den Mond erreichte, der in seiner vollen Schönheit am Himmel stand.

Der Mondboden war mit feinem Sand bedeckt und schimmerte in einem geheimnisvollen Licht. Unweit meiner Ankunftsstelle sah ich ein prächtiges Gebäude – ein Schloss, wie es Kaiser Hsüan-tsung beschrieben hat. Er ließ sich vor Jahrhunderten von einem Magier begleiten, als er den Erdtrabanten betreten wollte. Und er hat mehrere Schlösser beschrieben, die von wunderschönen Mondfeen bewohnt werden.

Ich sage dir: Sie sind wirklich wunderschön, so wie ich sie in meinem Traum gesehen habe. Sie bewirteten mich mit köstlichen, mir bis dahin unbekannten Speisen und Getränken. Und als es für mich Zeit war, mich an den Abstieg zu machen, da schenkten sie mir eine goldfarbene Mondlotosblüte, die es bei uns auf der Erde nicht gibt. Ich habe mich vergewissert: Im »Hen-hao Hua Shu«, dem klassischen Botanikverzeichnis aller Blütenschönheiten wird das alleinige Vorkommen auf dem Mond ausdrücklich bestätigt.«

Ming Yao-yü hatte sehr aufmerksam zugehört. Ein leises Lächeln spielte um seinen Mund, als er Meister Li fast beiläufig fragte:

»Und du bist heil wieder die Bohnenranke hinabgestiegen und wohlbehalten in deinem Bett aufgewacht?«

Li T'ai-p'o war ein genauer Beobachter; ihm war die feine Ironie, die in der Frage seines Freundes mitschwang, nicht entgangen.

»Mach dich nur lustig über mich, aber ich sage dir, dir wird das Lachen auch noch vergehen, so wie es mir vergangen ist. Ja, ich bin heute Morgen in meinem Bett wach geworden. Ich war noch voll guter Erinnerung an das, was mir im Traum widerfahren war. Das kann ich dir bestätigen. Aber ...«

Er stockte und sah Yao-yü fast flehentlich an.

»Kannst du mir bitte erklären, wie es sein kann, dass ich neben meinem Bett etwas blinken sah, was da nicht hingehörte? Es war eine Lotosblüte in goldener Farbe!«

Er verstummte wieder, und als sein Freund die Lippen öffnete, um eine Frage zu stellen, ergänzte er schnell: »Ich kann sie dir nicht zeigen, sie zerfiel in meiner Hand zu Staub, als ich sie aufzuheben versuchte. Nun sage mir: War es Traum oder Wirklichkeit?«

Ming Yao-yü zuckte nur mit der Achsel.

DER SCHLECHTE BEAMTE

Nach dem Willen seiner Eltern sollte Meister Li ursprünglich Beamter werden. Das versprach eine Zukunft voller Ansehen und Wohlstand. Als sich ihr Sohn T'ai-p'o nach einigen Jahren des Studiums der klassischen Schriften gegen eine solche staatliche Karriere entschied, sich dem Staatsexamen entzog und stattdessen die Freiheit am Ufer des T'ung-t'ing-Sees vorzog, waren sie zwar zunächst verschnupft. Doch die Zufriedenheit, mit der Meister Li seitdem in der kleinen Hütte inmitten seiner Schüler lebte, versöhnte sie irgendwann mit seiner Entscheidung.

Li T'ai-p'o freilich nahm aus seinen Jahren des Studiums eine bestimmte Vorstellung mit an den See, wie ein Beamter zu leben und zu arbeiten hatte und wie er sich anderen Menschen gegenüber zu verhalten hatte. Und er zog daraus Konsequenzen, wie sich herausstellte, als ihn eines Tages einer seiner Schüler darauf ansprach:

»Meister, was zeichnet den idealen Beamten aus?«

»Wichtige Eigenschaften sind Korrektheit, vollkommenes Wissen über das Gebiet, das er zu bearbeiten hat, dazu Zurückhaltung, Höflichkeit und Bescheidenheit.«

»Ist ein Mensch damit nicht überfordert?«, fragte der Schüler ungläubig.

»Oh, nein!«, war Meister Lis Erwiderung. »Nach dem Buch der Riten ist das sogar die unterste Grenze der Anforderungen, die an einen Beamten zu stellen sind.«

»Aber was geschieht, wenn ein Beamter die Bedingungen nicht erfüllt, nachlässig wird oder sich gar bestechen lässt? Was kann ich tun?«

Bei solch heiklen Fragen verwies der Meister gerne auf bekanntere Namen, etwa berühmte Kommentatoren der Klassiker. So auch in diesem Fall, nur dass er diesmal noch eine erstaunliche persönliche Erfahrung beisteuern konnte.

»Miao T'a-do, der bekannte Kenner des Ritenbuches, hat an einer wenig beachteten Stelle seines Kommentars darauf hingewiesen, dass ein jeder das Seine dazu beitragen kann, dass sich unziemlich gebärdende Beamte abgestraft werden.«

Meister Li erhob sich und wies hinter seine Hütte, wo der kleine Garten angelegt war.

»Lasst uns vor Ort sehen, was ich erklären will!«

Und alle folgten ihm und umringten ihn neben der Wiese, die etwa die Hälfte des Gartens ausmachte.

»Miao, der große Deuter klassischer Weisheiten, vergleicht den guten Beamten in seiner bescheidenen Art und Zurückhaltung mit der Orchidee, die trotz ihrer Schönheit bescheiden inmitten der Grasstängel ausharrt und nicht versucht, mit ihrer Anmut und ihrem Duft zu protzen. Wie ihr sehen könnte, gibt es auf meinem Wiesenstück eine große Anzahl an Orchideen, die dem Ideal Miaos entsprechen.«

»Aber, was ist das da? Das ist doch auch eine ...«, fragte genau derselbe Schüler, der sich bereits vorhin interessiert gezeigt hatte.

»Gut erkannt«, lobte Li T'ai-p'o. »Das ist eine eigene Geschichte, eine Erfahrung, die ich machen durfte.«

Er schwieg einen Augenblick, ließ seinen Blick über die Wiesenfläche schweifen, quasi in Erinnerung dessen, was er zu erzählen hatte.

»Ich bin gerne hier am See und begebe mich nur in die Kreisstadt, wenn es unbedingt nötig ist. Ich stand in Gedanken versunken vor meiner Orchideenwiese und ließ mich vom Duft ihrer Blüten betäuben, als mich die Botschaft erreichte, der Steuerbeamte des Kreises wünsche mich zu sehen. Also machte ich mich auf den Weg.«

Meister Li schwieg kurz.

»Es war eine unangenehme Begegnung. Der Beamte verlangte Steuern von mir, der ich doch keine Einnahmen habe. Und er drohte mit Zwangsvollzug, falls ich diesen angeblichen Verpflichtungen nicht nachkommen sollte. Als ich widersprach, begann er mich zu beschimpfen und meine Lyrik als minderwertig zu beleidigen. Daraufhin verwies ich auf Miao T'a-do, der kommentierte, derart schlechte Beamte würden zwar Orchideen bleiben, aber sie müssten damit rechnen, in eine Orchis ganz anderer Art verwandelt zu werden – denn solche gibt es auch. Ich gestehe, dass ich dies in der Absicht sagte, ihn zumindest betroffen zu machen.«

Damit deutete Meister Li auf die Stelle, die bereits seinem Schüler aufgefallen war.

»Ich habe damals diesen Beamten nicht überzeugen können und war mit der bitteren Erkenntnis an den T'ung-t'ing-See zurückgekehrt, dass ich wohl die geforderte Geldsumme würde zahlen müssen. Allerdings ist der Beamte von damals seit jenem Tag verschwunden. Auch von der Geldforderung habe ich nie mehr etwas gehört. Und bei mir, auf meiner Wiese, steht seitdem die Bocksriemenzunge, die einen unangenehmen Gestank verströmt und so gar nichts von der leichten Anmut der Orchis hat. Gepflanzt oder gesät habe ich sie allerdings nicht.«

Meister Li schwieg, dann sagte er: »Man sollte den Klassikern und ihren Kommentatoren mehr vertrauen.«

MEISTER LI
UND DIE POESIE

Li T'ai-p'o saß unter der dreihundert Jahre alten Kiefer und betrachtete den Vollmond, der sich im Wasser spiegelte. Die energischen Schritte eines Wanderers störten ihn.

»Meister Li«, mit lauter Stimme sprach der Ankömmling den Dichter an. »Wollt Ihr wirklich weiterhin den Mond besingen und seinen Widerschein in den Wellen des T'ung-t'ing-Sees?«

Li antwortete nicht. Seine Sprache war die Poesie; Banalitäten wie Selbstverständlichkeiten besaßen keine Poesie. Warum also antworten?

Er spürte beim anderen verräterische Schwingungen und wusste: Ein Fuchsgeist in Gestalt des Wanderers wollte ihn versuchen, ihn veranlassen, die Harmonie seiner Poesie ins Gegenteil, ins blanke Entsetzen zu verwandeln. Fuchsgeister, das wusste er aus den alten Mythen und den Gesängen der taoistischen Magier, hassten das Schöne, das Harmonische.

»Der Mond ist kalt«, sagte sein Gegenüber. »Er ist nicht freundlich und zeigt dem Menschen nur seine freundliche Seite. Doch wehe, wir würden die andere Seite sehen, die böse Seite des Mondes ...«

Li reagierte nicht. Er wusste, dass seine Poesie richtig war.

Der Fuchsgeist in Menschengestalt insistierte:

»Ihr als Meister des Wortes, als Verursacher und Beherrscher der Gefühle derjenigen, die Eure Gedichte lesen, Ihr habt die Aufgabe, auch diese andere Seite des Mondes zu zeigen.«

Zum ersten Mal sah Li sein Gegenüber an. »So sei es!«

Er ergriff den Pinsel und zeichnete mit einer Handbewegung den Kreis des Vollmondes auf das vor ihm liegende Papier. In den Kreis schrieb er das Zeichen für Fuchsgeist.

Ehe der Besucher ihn hindern konnte, strich er das Zeichen mit zwei gekreuzten Pinselstrichen durch, hob das Papier hoch.

»Das ist die böse Seite des Mondes«, sagte er. Und riss mit einem schnellen Ruck das Papier mittendurch.

Der Fuchsgeist ächzte und war verschwunden.

Meister Li betrachtete weiter den Widerschein des Mondes im Wasser.

DIE SUESSE DES HONIGS

Meister Li erkannte sofort, dass etwas Entscheidendes vorgefallen sein musste, als Bao Li-kang ihm auf dem Verbindungsweg zwischen See und seiner Hütte entgegenkam. Der junge Mann zählte seit einigen Wochen zu seiner Schülerschar und hatte sich mit seiner zurückhaltenden Art sehr leicht in die Gruppe einpassen können. Li-kang schien in dunkle Gedanken versunken und seinen Meister nicht zu erkennen, obgleich er ihm direkt ins Gesicht blickte.

Li T'ai-p'o hob die Hand zum Gruße und das schien den Jüngling aus seinen Gedanken zu reißen.

»Oh, Meister, ich habe Euch nicht bemerkt! Könnt Ihr mir noch einmal verzeihen?« Li-kang schien besorgt, Meister Li könne ihm gram sein.

»Nein, nein!«, Li schüttelte den Kopf. »Aber dich scheint etwas so sehr zu beschäftigen, dass du deine Umgebung nicht mehr wahrnimmst ...«

Der junge Mann errötete:

»Meister, entschuldigt, sieht man mir das an? Es ist nur so, dass ...«

Li-kang trat von einem Bein auf das andere, verlegen, wie es schien.

»Lass uns einen Augenblick Platz nehmen«, schlug Li T'ai-p'o vor und deutete auf einen moosbewachsenen Felsen, der von der frühsommerlichen Sonne beschienen wurde. Dann wartete er geduldig, bis der junge Mann bereit war, zu sprechen.

»Ich bin in einer schwierigen Lage, Meister«, begann er. »Ich war vor wenigen Tagen am anderen Ufer des Sees unterwegs und hatte eine schicksalhafte Begegnung, ich habe nämlich ...«.

Als Li-kang stockte, wusste Meister Li instinktiv, worum es sich handelte.

»Du hast dein Herz verloren ...«

»Meister, wie könnt Ihr das wissen?«, erstaunte sich Bao. »Ich ...«

»... und du weißt nicht, wie du es ihr sagen sollst?«

»Oh nein, Meister«, Li-kang schien fast erleichtert über den Irrtum seines Lehrers. »Ich meine, ja: Ich habe mein Mädchen gefunden. Und nein: Das Problem ist ein ganz anderes. Es handelt sich nämlich um mehrere Mädchen, drei an der Zahl. Und ...«

Li T'ai-p'o wusste sofort, worum es ging: »Im Yü-hua Ching, dem Klassiker der Blumen und Blüten, wird eine solche Situation erzählt. Es sind also drei Mädchen, nicht wahr, und du weißt nicht, für welche du dich entscheiden sollst?«

»Meister, es ist noch etwas komplizierter. Die drei jungen Frauen sind alle von unglaublicher Schönheit und – sie sehen gleich aus. Ich meine, eine ist das Abbild der anderen. Und das dreimal. Wie kann das sein?«

»Hast du sie gefragt?«

»Das habe ich und habe eine seltsame Antwort bekommen. Die Schönheit in der Mitte sagte: Wähle die richtige, sonst bereitet die falsche keine Freude. Die links davon meinte: Nur eine von uns ist die, die du willst. Und die dritte sagte: Was so scheint, muss nicht so sein. Was also soll ich davon halten und: Meister, was soll, was kann ich tun?«

Meister Li erkannte die Not in den Augen des Jünglings.

»Es handelt sich offenkundig um drei schöne Mädchen gleichen Aussehens, von denen nur eins real vorhanden ist, die andern beiden sind Phantombilder, geschaffen, den Unkundigen zu täuschen. Solche Blütenfeen tauchen immer wieder einmal unverhofft auf; und nur, wer sie und ihre Tricks durchschaut, kommt zum Erfolg. Im Yü-hua Ching heißt dieses Phänomen, ›Die zwei falschen Blüten‹. Es gilt also, die richtige Blüte zu finden. Ich werde dir sagen, was zu tun ist. Du musst dich ins Blaugrün-Gebirge begeben und dort den Imker Chou Wu aufsuchen, der nahe der Drachengrotte lebt. Wenn du ihn auf den Klassiker der Blumen und Blüten hinweist, wird er wissen, wie er dir helfen kann.«

»Wenn Ihr das sagt, Meister!« Li-kang erhob sich, die Zweifel waren seinem Gesicht anzusehen.

Li T'ai-p'o blieb sitzen. Nun galt es abzuwarten.

Es vergingen einige Tage, ehe der Meister seinen Schüler Li-kang wiedersah. Er war in Begleitung einer wunderschönen jungen Frau, nach der sich jeder umdrehen musste, der sie auch nur aus den Augenwinkeln bemerkte.

»Das ist Hao-k'an Mei, sie hat drei Vornamen und ist einzigartig in ihrer Schönheit!«, schwärmte der junge Mann, während die Schönheit neben ihm scheinbar verlegen die Augen gesenkt hielt.

Ehe Meister Li etwas sagen konnte – er selbst war sehr beeindruckt von so viel Liebreiz –, hörte er eine leise Stimme, die der jungen Frau:

»Ich habe den klügsten Mann der Welt. Er kam als Schmetterling, um die Blüte zu pflücken, und ließ eine Biene die Süße des Honigs entdecken. Nun kann er selbst sich an der Blüte laben.«

Ihre Augen richteten sich auf den jungen Mann, der voller Stolz dastand.

Meister Li lächelte.

Zu sagen gab es nichts mehr.

VERWEIGERTE VATERSCHAFT

Li T'ai-p'o hatte von seinem Wesen her keinerlei Vorbehalte gegenüber seinen Mitmenschen, weder was das Alter, das Geschlecht oder gar irrige Meinungen anging; einzig ein absurdes Anspruchsdenken – gleichgültig, in welche Richtung es ging – gepaart mit einer Selbstüberschätzung der eigenen Person vermochte ihn zu irritieren. Mehr noch: Ein solches Verhalten stieß ihn eigentlich ab und mit so jemandem wollte er nichts zu tun haben. Wenn sich allerdings ein so gearteter Mensch seiner Schülergemeinde zugesellte, musste er sich damit auseinandersetzen.

Als Sung Tu-mo eines Tages vor Meister Li stand und um die Erlaubnis bat, an des Meisters Lehre teilhaben zu dürfen, hatte dieser zunächst einen sehr positiven Eindruck. Der etwa Zwanzigjährige hatte einen offenen Blick, seine ganze Erscheinung drückte eine optimistische Erwartung auf die Zukunft aus, kurz: Dieser junge Mann ließ einiges erwarten.

Meister Lis Beurteilung geriet ins Wanken, als sich Sung Tu-mo eines Tages seinem Meister anvertraute. Li hatte sich nach der Herkunft seines neuen Schülers erkundigt, was er immer erst unternahm, wenn sich der Neuling am T'ung-t'ing-See eingerichtet hatte, sich wohlfühlte.

Tu-mo stammte aus dem äußersten Westen des Riesenreiches, wo die schroffen Felsgebirge in die offene Steppe übergehen und wo neben scharfem Hartgras nichts anderes gedeiht als riesige Sanddünen. Er war das einzige Kind seiner Mutter; sein Vater – nun, er schien zu überlegen, ob er weitersprechen sollte, doch nach einem Moment des Zögerns brach es aus ihm heraus:

»Ich bin von besonderem Adel«, sagte er; der Stolz war seiner Stimme anzumerken. »Ja, ich bin etwas Besonderes.«

Meister Li, dem diese Bemerkung keineswegs gefiel, schwieg. Er befürchtete das Schlimmste. Und es kam noch schlimmer.

»Mein Vater ist der Drachenkönig«, prahlte Tu-mo und sah Meister Li triumphierend an. »Deswegen suche ich deine Weisheit, damit ich meinem Vater nacheifern kann.«

Unüberhörbar hatte er bereits etwas gelernt, denn die Weisheit des Drachenkönigs war sprichwörtlich und auch Li T'ai-p'o vertrat durchaus diese Meinung.

»Ich werde als der weise Sohn des Drachenkönigs in ganz China bekannt werden.« Nun geriet Meister Lis Schüler ins Schwärmen.

»Mein Vater wird sich meiner nicht schämen müssen.«

»Weiß dein Vater von deinen Ambitionen?« Meister Li konnte nicht umhin, diese Frage zu stellen.

»Nein! Wozu auch?«

Ab da hörte Meister Li nicht mehr zu. In ihm reifte ein Plan, wie er diesem Größenwahnsinn begegnen sollte. Er kramte in seinen Buchbeständen, denn nach seiner Erinnerung verfügte er über ... Halt, da war's schon: Das »Lei-lung-wang Shu« (Buch des Donnerdrachen-Königs). Hierin gab es einen direkten Hinweis darauf, was zu tun war.

So kam es, dass die im Freien versammelte Schülerschaft eines Tages erschrocken zusammenfuhr, als sich mitten unter ihnen ein wahres Ungetüm materialisierte – ein Drache von etwa dreieinhalb Metern Größe und einem entsprechenden Umfang.

Während Meister ruhig sitzen blieb, denn er hatte derlei erwartet, zogen sich seine Schüler vorsichtig zurück, allen voran Sung Tu-mo, der sich anschickte, in Li T'ai-p'os Hütte zu verschwinden.

Die Drachenerscheinung hatte offenbar sofort begriffen, wer sich da zu verbergen trachtete.

»Bist du derjenige, über den ich erfahren habe, er sei mein Sohn? Bleib hier und antworte!«

Und angstschlotternd wandte sich Tu-mo wieder dem Drachenkönig zu und stotterte:

»Aber ich ... ich habe das ... von meiner Mutter ... Ich meine, sie hat es mir einmal als Möglichkeit angedeutet und da dachte ich ...«

Wenn ein Drache in Gelächter ausbricht, erschüttert das nicht nur die nächste Umgebung; Meister Lis Hütte drohte einzustürzen. Doch da sie aus geschmeidigen Weidenhölzern gebaut war, vermochte sie zu widerstehen.

»Das hätte sie wohl gerne gehabt, deine Mutter«, brüllte der Drachenkönig. »Dafür hatte sie nicht das richtige Format!«

Wieder ein alles erschütterndes Lachen. Tu-mo war vor Scham in die Knie gegangen und verbarg sein Gesicht vor dem Herrn der Drachen. Dann ermannte er sich und hob sein Gesicht:

»Ich wollte doch nur ...«

»Weiß schon, was du willst. Sollst du haben. Aber anders, als du denkst. Du sollst als Drache verwurzelt sein in der Erde. Sprachlos, damit du nicht weiterhin Unsinn erzählst.«

Noch ein schreckliches Lachen und dann: »Auf sumpfigen Wiesen wird man dich finden, überall unter dem Himmel. Deine weiße Blüte wird die Menschen erfreuen, aber sie sollten vorsichtig sein. Denn deine Wurzeln und deine Früchte sind voller Gift.«

Der Drachenkönig war verschwunden und mit ihm Sung Tu-mo.

Rund um Meister Lis Hütte blühte seitdem regelmäßig die Drachenwurz.

NUR EINE KLEINIGKEIT

Meister Li hatte sich im Laufe der Jahre ringsum einen Namen als Berater in so gut wie allen Lebenslagen gemacht. Es kamen junge Paare zu ihm, die Hilfe bei ihren Bemühungen brauchten, ihre Eltern davon zu überzeugen, dass sie sich zusammentun durften. Und es kamen ebenso alte Menschen, die ihrer Einsamkeit entfliehen wollten und dankbar für Hinweise auf Kontakte im privaten wie öffentlichen Umfeld waren. Ab und an kam der Bürgermeister des größten Dorfes am T'ung-t'ing-See, der sich in der einen oder anderen offiziellen Angelegenheit einen Rat holte, aber er bekam ebenso Besuch von dem oder jenem Fischer, dessen Ehefrau etwa mit ihrem Leben unzufrieden war, die ehelichen Pflichten oder gar jegliche Hausarbeit verweigerte.

Und eines Tages stand Ka Bei-shu vor seiner Hütte und verbeugte sich vor dem Meister, der sich nach einer anstrengenden Unterrichtsstunde eine Tasse Tee aufgegossen hatte und darauf wartete, dass sie abkühlte.

»Ich möchte nicht stören!«, behauptete der Bauer, obgleich er dies gerade tat. Seine Felder lagen nördlich des Sees und galten als sehr fruchtbar. Es gab Reisfelder und Rübenäcker, Obstplantagen und Beerenrabatten; gemeinhin galt Ka als reich, aber geizig. Und gierig. Sogar sehr gierig. Immer wieder hörte man ihn über die zu geringen Erträge jammern, die er einfahren konnte.

Und das genau war das Thema, mit dem er sich bei Meister Li ausmärte.

»Ich werde noch mein gesamtes Hab und Gut verlieren, wenn es mit dem Wetter nicht besser wird.«

»Was verstehst du unter besser?«, erkundigte sich Li T'ai-p'o.

»Nun, Hitze lässt die Pflanzen auf meinen Feldern verdorren, bei andauerndem Regen verfaulen sie. Wenn es zu kalt ist, bleiben die Stecklinge klein und an den Obstbäumen gibt es nur kleine Früchte, die niemand kaufen will. Wenn es ...«

»Genug!«, unterbrach Meister Li. »Ich denke, ich verstehe, worüber du dich beklagst. Aber das Wetter ist nun einmal so, wie die Natur sie uns anbietet. Wie müssen versuchen, das Beste daraus zu machen.«

Der Bauer schüttelte den Kopf:

»Das wäre zu viel Aufwand, ich bräuchte mehr Hilfskräfte und denen müsste ich Unterkunft und Verpflegung bezahlen. Das kann ich mir nicht leisten, Ihr versteht?«

Meister Li verstand sehr wohl; er überlegte und kam nach einigen Minuten zu einer Lösung, von der er nicht überzeugt war, dass sie greifen würde. Ob das gelang, würde maßgeblich vom Verhalten und der Geschicklichkeit von Ka Bei-shu abhängen.

»Es gibt eine Möglichkeit, wie du in deinem eigenen Interesse tätig werden kannst. Doch du musst persönlich aktiv werden. Ich kann dir nur einen Rat geben, alles andere liegt dann bei dir.«

Der geizige Bauer strahlte. Dieser Meister Li hielt, was er über ihn gehört hatte. Er wusste immer einen Ausweg, hatte immer eine Problemlösung, wenn alle anderen versagten.

»Lasst hören, Meister! Was muss ich tun?«

»Ich denke, du solltest den Erdgott der hiesigen Region anrufen und ihn bitten. dir die Regelung des Wetters zu überlassen. Nur für deine Felder und Plantagen, versteht sich, denn auf etwas anderes wird er sich – wenn überhaupt – nicht einlassen. Ich bin ziemlich sicher, dass er dir das gestatten wird. Dann kannst du das Wetter so gestalten, wie du es brauchst.«

»Das ist eine gute Idee«, freute sich Ka Bei-shu. »Unser Erdgott ist T'u Ti-kung und wie mir der Eremit vom Blaugrün-Berg erst kürzlich verraten hat, ist er auch zuständig für den Wohlstand der Bewohner dieser Gegend am T'ung-t'ing-See. Also bin ich mir sicher, dass er genau der Richtige ist.«

Er erhob sich, um zu gehen, besann sich aber dann und drehte sich noch einmal um:

»Ich werde es Euch vergelten, sobald ich kann!«

»Warten wir es ab«, entgegnete Meister Li. »Komm in einem Jahr wieder.« Dann widmete er sich endlich seinem kalt gewordenen Tee.

Eines Tages stand Ka Bei-shu wieder vor seiner Hütte. Er hatte die siegessichere Miene verloren, die er beim Abschied von Li T'ai-p'o gezeigt hatte. Seine Verzweiflung war auch ohne Worte geradezu greifbar.

Li T'ai-p'o hatte gerade zu einem kleinen Spaziergang aufbrechen wollen, also lud er den Bauern ein, mitzukommen. Doch dieser lehnte mit einer heftigen Handbewegung geradezu brüsk ab.

»Dann bleiben wir hier«, sagte der Meister und setzte sich neben das kleine Blumenbeet, das er rechts neben dem Eingang seiner Behausung angelegt hatte. »Bitte, nimm Platz!«

Ka Bei-shu folgte der Einladung, schien aber nicht bereit, von sich aus das Gespräch zu beginnen, weswegen er doch eigentlich gekommen war. Schließlich dauerte Li T'ai-p'o das Schweigen zu lang.

»Was führt dich zu mir? Und was hat dich vergrämt?«

»Ihr hatte mir geraten, T'u Ti-kung anzurufen und mit seiner Hilfe das Wetter über meinen Feldern selbst zu regeln. Nun, das habe ich getan ...«

Er schien nach Worten zu suchen, die seine Situation am besten erklären würden. Meister Li kam ihm zuvor:

»Hat dir unser Erdgott nicht helfen können ...?«

»Oh, doch, er hatte mir gestattet, mein eigenes Wetter so zu gestalten, dass ich optimale Ernten einfahren kann. Doch ...«

Wieder schwieg der Bauer eine gewisse Zeit, dann riss er sich zusammen:

»Noch nie hatte ich so viele Ausfälle auf meinen Feldern und in meinen Obstplantagen. Ich habe so gut wie nichts ernten können. Die Reisähren waren leer, an den Bäumen hingen keine Orangen und keine Litschis. Kurz gesagt: Ich bin ruiniert!«

Das Rätsel galt es, zu knacken.

»Hast du denn alles getan, was T'u Ti-kung dir geraten hat?«

»Aber sicher: So, wie es nötig war, habe ich es regnen und die Sonne scheinen lassen, daran kann es nicht gelegen haben«, versicherte Ka Bei-shu.

»Daran kann es also nicht gelegen haben«, sinnierte Meister Li. Hat der Gott noch etwas gesagt, vielleicht so nebenbei ...«

»Stimmt! Ich hörte ihn zum Abschied murmeln: ›Nicht die wichtigen Kleinigkeiten vergessen.‹ Aber daran habe ich gedacht. Es gab immer wieder wunderbare Wolkenformationen am Himmel und das Abendrot war jedes Mal umwerfend schön, denn so liebt das meine Frau.«

»So leid es mir tut«, sagte Meister Li und machte eine bekümmerte Miene. »Eine wichtige Kleinigkeit hast du anscheinend in der Tat vergessen, nämlich den Wind. Und ohne Wind ...«

»Ich mag keinen Sturm und meine Frau verträgt nicht den geringsten Windhauch – sie bekommt jedes Mal Atemprobleme, richtige Beklemmungen. Es war gut, dass ich ihn vermeiden konnte.«

Nun hatte Li T'ai-p'o seine Bestätigung.

»Die Feldfrüchte wie auch die meisten Obstsorten brauchen einen Bestäuber ihrer Blüten«, erklärte er. »Das sollte jeder wissen. Sonst können sie keine Frucht ansetzen. Die Insekten allein können das nicht leisten. Du hättest dich erkundigen müssen, was T'u Ti-kung mit den Kleinigkeiten meinte.«

Damit erhob sich der Meister.

»Wenn du mich jetzt auf meinem Spaziergang begleiten willst, bist du herzlich willkommen«.

Der Bauer lehnte ab.

WIE MAN EINEN DAEMON ERLEGT

Im Laufe der Jahre hatte sich Meister Li bei seinen Nachbarn den Ruf eines Alleskönners und Alleswissers erworben; allerdings war das von ihm nicht gewollt. Bescherte ihm das doch immer wieder Besucher, die seine Hilfe begehrten, was so manches Mal richtig lästig werden konnte. Andererseits schätzte Li T'ai-p'o solche Besuche, da sie ihn bisweilen vor Herausforderungen stellten, die er nur unter Auslotung aller Kenntnisse und Erfahrungen meistern konnte.

Nicht selten handelte es sich bei solchen um Hilfe Rufenden um einfache Menschen, die voller Aberglauben waren. Hier mit einem praktischen Rat zu helfen, hieß gleichzeitig, Aufklärung zu betreiben. Und daran lag Meister Li sehr viel.

Eines Tages nun stand der alte Mei Xiao aus dem nahe gelegenen Dorf angstschlotternd vor ihm; die Panik in seinen Augen war deutlich zu erkennen. Hier brauchte jemand dringend Hilfe.

»Meister Li, sagt mir, was soll ich tun? Seit ich denken kann, ist mir so etwas nicht passiert.«

»Zuerst einmal wirst du mit mir eine Tasse guten Tees trinken«, entgegnete Li T'ai-p'o und deutete neben sich, damit sich Xiao setzen konnte. Dann servierte er den Tee in einem aus Birkenholz geschnitzten Becher. Und erst danach sagte er:

»Nun, erzähle!«

»Vor einigen Tagen bin ich gegen Morgen aufgewacht und eine Ratte saß vor meinem Bett. Was sage ich? Es war ein Rattendämon!«

»Du bist dir sicher?«

»Ja, denn er verfolgt mich seitdem. Und um mich zu erschrecken, verwandelt er sich von Zeit zu Zeit, zeigt seine schreckliche, seine wirkliche Gestalt, denn die Ratte ist nur seine Tarnung. Ich habe Angst, dass er mich eines Tages verschlingen wird. Was soll ich tun?«

Meister Li hatte schon öfter von solchem und ähnlichem Treiben der Dämonen gehört, doch das war der erste Fall, mit dem er persönlich konfrontiert wurde.

»Du willst, dass er dich nicht mehr verfolgt?«

Mei Xiao nickte: »Ich will, dass er verschwindet! Könnt Ihr mir helfen?«

Li T'ai-p'o war vor nicht allzu langer Zeit in Shanghai gewesen und erinnerte sich ...

»Ja, ich kann dir helfen!«, bestätigte er. »Ich rate dir, nach Shanghai zu fahren und dort den Yü-yüan-Park zu besuchen. Er ist bekannt für seine Gartenkunst, die den Besucher leicht in die Irre führt, so verschlungen sind die Wege. Vom Eingangstor gesehen, musst du dich links halten und nach der ersten Biegung nach rechts, deine Schritte sofort nach links wenden. Und dann musst du laufen, so schnell du kannst. Ich denke, so werden wir den Dämon unschädlich machen. Hast du verstanden?«

Der alte Mann nickte nur und machte sich sofort auf den Weg. So groß war sein Vertrauen in die Fähigkeiten von Meister Li.

Eine Woche später stand Mei Xiao wieder vor Li T'ai-p'o. Es war ein total verwandelter Mann, der Lis Unterrichtsstunde mit seinen Schülern störte. Er nahm Mei Xiao beiseite. Dieser strahlte:

»Wie habt Ihr das nur gemacht, Meister? Wie konntet Ihr wissen, dass ...?«

»Nun, der Yü-yüan-Park wurde von einem berühmten Gartenkünstler angelegt, der eigentlich ein taoistischer Adept war, dessen Wissen auch die Dämonenwelt umfasste. Sein Name ist ein Geheimnis. Er hat an den Park seine magischen Kräfte weitergegeben.«

»Die Büsche sind alle in Tierform geschnitten, Bären und Schwäne, Rinder und Schildkröten.« Mei Xiao hatte gut aufgepasst.

»Ja«, bestätigte Meister Li. »Und Katzen. Und das wusste ich.«

Mei Xiao war nicht mehr zu bremsen:

»Ich habe getan, wie Ihr mir gesagt habt. Ich bin scharf nach links abgebogen und dann ganz schnell gerannt. So schnell, dass ich gar nicht mehr gesehen habe, was links und rechts von mir wuchs. Und dann habe ich hinter mir ein Fauchen und Stöhnen, ein Ächzen und Gurgeln gehört. Als ich mich umdrehte, da ...«

»Genau, was ich gehofft habe. Denn unmittelbar nach der scharfen Abzweigung nach links hat der Gartengestalter aus einem Schlehenbusch eine Katze geschnitten. Und wie du weißt, gehören Ratten zur Lieblingsspeise dieser Hausgenossen.«

»Der Dämon war verschwunden!«, war alles, was Mei Xiao noch herausbrachte.

Meister Li aber lächelte: »Man muss den Feind mit seinen eigenen Waffen schlagen, Magie schlägt Magie.«

DER UNSICHTBARE KELLER

Das Leben am Ufer des T'ung-t'ing-Sees war angenehm, das Klima lieblich, die Menschen freundlich – kurz: Li T'ai-p'o hätte keinen Grund gehabt, sich zu beklagen, wäre da nicht ein klitzekleines Problem gewesen, das zu lösen schier unmöglich schien.

Im Laufe der Jahre hatte sich Meister Li aufgrund seiner auf dem Boden der Wirklichkeit basierenden Weisheit und seiner umgänglichen Art ein durch nichts mehr zu erschütterndes Ansehen erworben. Was unter anderem darin seinen Ausdruck fand, dass er je nach Jahreszeit jedes Mal seinen Anteil an Obst und Ackerfrüchten bekam. Dabei sah sich der Meister nicht selten vor dem Problem einer sinnvollen Lagerung. Denn einen Keller besaß seine Hütte nicht; das war schon wegen des hohen Grundwasserspiegels unmöglich.

Da Meister Li sehr bescheiden lebte und durchaus mit dem zufrieden war, was ihm auf diese Weise zukam, sann er immer wieder darüber nach, wie er seine Vorräte auf Dauer sicher lagern konnte. So auch an jenem Tag, als ihn ein Lärm von draußen aus seinem Sinnen riss.

Zwei seiner vor wenigen Tagen zu seiner Schülerschar gestoßenen Nordchinesen machten sich lustig über einen graubärtigen Greis, dessen Kleidung selbst in Li T'ai-p'os Augen nur noch als Lumpen zu bezeichnen waren.

»Lasst ab von eurem Spott«, sagte Li mit leiser Stimme, den damit erreichte er nach seiner Erfahrung mehr, als wenn er sie erhoben hätte. Und fügte spontan hinzu: »Er ist mein Gast. Ich werde ihn bewirten.«

Schlagartig verstummte das spöttische Gelächter, denn das gebot die Achtung vor dem Meister.

»Kommt herein! Beehrt mich mit Eurer Anwesenheit!«

Meister Li hielt die Tür für den unverhofften Besucher auf und schloss sie hinter ihm wieder. Ein Besucher war ihm immer willkommen, und gerade dieser schien seiner Beachtung wert zu sein, denn er strahlte etwas aus, was ihn zu etwas Besonderem machte.

Ein Tee war schnell zubereitet und eine kleine Mahlzeit machte ebenso wenig Mühe, sodass der Gast innerhalb kurzer Zeit bewirtet werden konnte. Dieser hatte sich als Tu Fu-lo vorgestellt und hinzugefügt, dass er seine Wanderung im fernen Kueilin, seiner Heimat, begonnen habe.

»Meine Absicht ist es, die allumfassende Erkenntnis über das Wesen des Menschen zu gewinnen. Dazu gehört natürlich auch der Übermut der Jugend. Also macht Euch keine Gedanken über das Verhalten der beiden Jünglinge. Ich verbuche das in meinem Erfahrungsschatz.«

Li T'ai-p'o erhob sich, denn sie hatten traditionell auf der Bodenmatte Platz genommen, und verneigte sich.

»Ich danke dir, denn deine Nachsicht erleichtert mein Herz.«

»Das ist nicht vonnöten«, beteuerte Fu-lo und erhob sich seinerseits, um sich zu verbeugen.

Als sie beide wieder saßen, richtete der Gast seine Aufmerksamkeit konzentriert auf den Gastgeber.

»Ich bemerke, dass Euch etwas beschäftigt. Mögt Ihr mir sagen, was Euch quält?«

Bereitwillig gab Meister Li Auskunft, woraufhin Tu Fu-lo einen Moment überlegte, ehe er sagte:

»Ich muss Euch etwas gestehen. Auf meiner Wanderung von Nord nach Süd habe ich auch jene Welt kennengelernt, die viele Menschen aus Unwissen für nicht existent erklären. Mir ist zu Ohren gekommen, dass die Bewohner des T'ung-t'ing-Sees durchaus hilfsbereit sind, wenn man sie um etwas bittet. Ich meine nicht die Fische, Ihr versteht, sondern ...«

»Die Wassergeister, ich weiß über sie Bescheid. Aber was ...?«

»Lasst mich nur machen«, sagte Meister Lis Gast und erhob sich. »Als kleines Dankeschön für Eure Gastfreundschaft.«

Damit war er aus der Tür, um erst am späten Nachmittag wieder aufzutauchen.

Li T'ai-p'o genoss die beginnende Dämmerung inmitten seiner Schüler und ging dem Wanderer aus dem Norden entgegen. Doch dieser nahm ihn am Arm und steuerte ihn in die Hütte, wo er die Türe hinter sich schloss. Ratlos sah Meister Li Fu-lo an, als dieser sagte:

»Und nun folgt mir in Euren Keller.«

Er deutete auf die hinterste, die dunkelste Ecke und – siehe da! – es gab da eine Tür, die geöffnet in einen tiefer liegenden Vorratsraum führte, der über eine kleine Treppe Stufen zu erreichen war.

»Wie hast ...?«

»Ihr habt einen guten Ruf bei den Geistern des Wassers. Sie waren sofort bereit, für Euch diesen Keller anzulegen – gesichert gegen das Wasser durch unsichtbare Mauern. Doch Ihr müsst wissen, dass nur Ihr Zutritt habt.«

Seitdem kam es immer wieder vor, dass Meister Li sich in seine Hütte zurückzog, doch nie zu finden war, wenn man ihn suchte.

Er war bei seinen Vorräten.

HOLZOHR

Li T'ai-p'o pflegte eine einfache Lebensweise; ja er genoss sie geradezu, entsprach dies doch seinem Naturell. Das hieß jedoch nicht, dass er nicht mit Nachbarn Umgang pflegte, die mehr Wert auf einen gehobeneren oder gar exotischen Lebensstil legten. Dazu gehörte auch ein Kaufmann namens Hung Ba-go in der auf der anderen Seite des Sees gelegenen Kleinstadt.

Hung war dem guten Essen zugetan; er liebte es, selbst die Speisen anzurichten, und verwendete dazu nur die besten Zutaten. Dies ließ er sich etwas kosten; er war aber auch durchaus bereit, selbst Hand anzulegen, wenn es darum ging, nicht alltägliche Gewürze oder Geschmacksträger zu beschaffen.

Zu seinen frugalen Genüssen gehörte der Mu-örrh-Pilz, der zu unglaublichen Preisen gehandelt wurde. Dabei wuchs er vorzugsweise auf Holunder, der am Ufer des T'ung-t'ing-Sees an einigen Stellen zu finden war. Um öfter in den besonderen Genuss zu kommen, beschloss Hung, selber zu ernten. Er zögerte jedoch, da ihm Gerüchte zugetragen worden waren, dass dies besondere Risiken barg.

Daher erschien der Kaufmann eines Tages bei Meister Li. Dieser hatte gerade seine tägliche Schale Reis mit ein wenig Fleisch und Gemüse zu sich genommen und freute sich nicht unbedingt über die Störung seiner gewohnten Ausruhphase.

Hung überfiel ihn mit der Frage: »Meister, was ist das Besondere an Holunder?«

»Das ist ein Strauch, der sich zum Baum auswachsen kann«, sagte Li. »Ist das wichtig?«

»Ja, ich meine ... ich denke ... Nun, du weißt, dass ich gerne gut esse. Und die Mu-örrh-Pilze gehören zu meinen bevorzugten Leckerbissen. Am Ufer des Sees wachsen einige Holunder, und darauf ...«

Nun verstand Meister Li. »Ja, das sind die hauptsächlichen Wuchspflanzen dieses Pilzes. Aber Vorsicht, du darfst nicht einmal daran denken ...«

»Ich weiß«, bestätigte Hung eifrig. »Man hat mir gesagt, dass das Ernten des Mu-örrh gefährlich sei. Aber warum?«

Li T'ai-p'o konnte helfen: »Mu-örrh ist eine Morchel und wird auch Wolkenohrenpilz oder ganz einfach Holzohr genannt. Er ist nicht nur schmackhaft, sondern besitzt auch heilende Kräfte. Insbesondere soll er die Manneskraft stärken. Daher ist er sehr begehrt.«

»Ja, das verstehe ich. Er schmeckt vorzüglich«, bestätigte Hung.

»Aber Vorsicht!«, fuhr der Meister fort. »Unter dem Holunder hausen Zwerge und Gnome. Sie wollen ihre Ruhe. Aber auch für uns Menschen ist dieser Ort wichtig, denn es befindet sich auch eine Schwelle zum Jenseits hinter dem real wachsenden Baum. Deswegen nennt man den Holunder auch den Baum der Ahnen.«

»Danke, Meister!«, sagte der Kaufmann und verneigte sich. »Dennoch hilft es mir nicht weiter. Wo liegt da die Gefahr, und wie kann ich die Pilze ernten?«

Mit einem Mal wirkte Li T'ai-p'o ernster als sonst.

»Was ich dir sage, habe ich von einer weisen Frau. Demnach sollte man beim Ernten des Mu-örrh-Pilzes darauf achten, dass man keinen Ast beschädigt oder abschneidet, nicht einmal das kleinste Zweiglein, ansonsten wird man bestraft. Wer dafür dann zuständig ist, weiß ich nicht. Aber ich habe damals erfahren, dass auch für die Gnome und Zwerge hinter dem Holunder der Zugang zur Anderswelt liegt. Daher denke ich, dass sie eifersüchtig darüber wachen, dass keine Beschädigung diesen Zugang verhindert.«

»Aber wie soll ich denn dann an meinen geliebten Mu-örrh kommen?« Hung Ba-go weinte fast. »Gibt es gar keinen Weg, damit ich meine Lieblingsspeise genießen kann?«

»Doch«, antwortete Li.

Und Hung strahlte.

»Es heißt. Man muss warten, bis der Holunder selbst einen Ast abwirft, auf dem der Pilz wächst. Ansonsten droht die Bestrafung.«

»Aber das kann ja ewig dauern«, jammerte der Kaufmann. »Vielleicht sollte ich ...«

»Ich würde nicht dazu raten«, sagte Meister Li. »Denk an die Strafe, die droht ...«

Doch Hung hörte schon nicht mehr zu. Er hatte sich abgewandt und strebte enttäuscht nach Hause. Seine Gedanken behielt er für sich.

Wenige Tage später lief der Kaufmann mit einem dicken Verband an seiner linken Kopfhälfte herum. Als er, nach mehrmaliger Aufforderung, die Binde entfernte, wurde sichtbar, was er darunter verborgen hatte: ein Holzohr, fein gedrechselt aus der Holunderwurzel.

FARBKORREKTUR

Meister Li T'ai-p'o saß im Kreise seiner Schüler und Verehrer am Ufer des T'ung-t'ing-Sees. Anders als seine Kollegen – und derer gab es zur damaligen Zeit zahlreiche – selektierte dieser größte aller Dichter und Denker keineswegs, wer ihm lauschen durfte. Auch Arme im Geiste, wie er sie bei sich selbst bezeichnete, hatten selbstverständlich das Recht, sich zu den andächtigen Zuhörern zu gesellen, gab es ihnen doch zweifelsohne Gelegenheit, sich geistig weiterzuentwickeln.

Tu Ti-tung, von allen 3T genannt, folgte den Unterweisungen des Meisters besonders aufmerksam. Seine Eltern waren einfache Tagelöhner gewesen, nun waren sie schon seit Jahren im Reich der Seelen, und der fünfunddreißigjährige Ti-tung war eifrigst bemüht, ihnen zu Ehren zu höheren Erkenntnissen zu gelangen, was eigentlich – zugegebenermaßen – seine geistige Kapazität weit überstieg. Indes, wie bereits Lao Tse, Meister Lis großes Vorbild, gesagt hatte: Der Weg ist das Ziel.

Immer wieder versuchte 3T, den Erwartungen seines Lehrmeisters rascher und intensiver zu entsprechen als seine Mitschüler, und kam dabei zuweilen auf abstruse Ideen.

An jenem Tag nun schleppte Tu Ti-tung einen Kübel an, der sorgsam abgedeckt war; in der anderen Hand trug er einen breiten Pinsel. Seine Augen strahlten in Erwartung der Aufmerksamkeit, die ihm zuteilwerden würde. Und in der Tat richteten sich aller Augen auf ihn und seinen Bottich, den er neben sich abstellte.

»Nun sag schon«, ermunterte ihn Meister Li, »was du uns mitgebracht hast.«

Da sich 3T seine Worte bereits am frühen Morgen zurechtgelegt hatte, fiel es ihm leicht, der Aufforderung nachzukommen:

»Meister, Eure Worte zur Farbe Blau haben mich nachdenken lassen. Die Farbe des Himmels, der Unsterblichkeit und der Hoffnung – das ist Blau. Ich und alle anderen sollen daran teilhaben können. Ich habe Tsch'i Pai-bai, den alten Magier im Nachbarort jenseits des Gebirges gebeten, mir zu helfen, und habe dafür – Magie ist nicht umsonst zu haben – die Hütte meiner Eltern verkauft. Mit großer Zauberkraft des allmächtigen Yinyang hat er mir eine

Farbe gebraut, die alle, die daran glauben, in die Ewigkeit der klaren Seelen führen wird. Das gilt für Menschen, Tiere und Pflanzen. Ja, auch für Pflanzen und Bäume.«

»Wie soll das geschehen?«, fragte Feng Ta-ma, einer der Schüler, zweifelnd, denn er misstraute allem, was mit Magie zu tun hatte.

»Ich zeige es dir an dieser Blume, die neben dir im Grase blüht. Ich werde sie mit der Farbe benetzen und ihr so helfen. Allerdings« – er stockte, weil ihm etwas Wichtiges eingefallen war, während er den Deckel vom Kübel hob – »allerdings hat Tsch'i Pai-bai mir gesagt, dass jeder Magier nur einmal in seinem Leben so eine Farbe zusammenstellen kann. Und er hat mich gewarnt: Die Farbe darf den Erdboden nicht berühren, denn unmittelbar darauf ist die Wirkung dahin.«

3T schaute sich Beifall heischend um: »Jetzt!«

Er tat einen Schritt zur Seite, um den Pinsel einzutauchen. Dabei kam er ins Taumeln und geriet mit dem linken Fuß in den Bottich, den er in einer unwillkürlichen Bewegung umkippte, sodass die blaue Farbe ausfloss und alsbald ihre intensive Färbung verlor.

»Haha!«, schrie Feng Ta-ma. »Das war's! Nichts ist mit der Ewigkeit der klaren Seelen mithilfe von Blau.«

»Nicht ganz«, korrigierte Li T'ai-p'o den vorlauten Schüler. »Titung war ungeschickt, das stimmt, aber möglicherweise hat er doch recht. Seht seinen Fuß!«

Und das Bein mitsamt dem Fuß war zweifellos blau.

Meister Li erhob sich und trat zum unglücklichen 3T.

»Es war gut gemeint, und du weißt,: Der Weg ist das Ziel.«

Er betrachtete ihn von oben bis unten, dann lächelte er und sagte: »Ich denke, wir können dich mit einiger Berechtigung einen Blaufußtölpel nennen.«

Und dieser Name blieb an 3T hängen, denn sein linkes Bein blieb blau. Doch er nahm es gelassen, denn wenigstens ein Teil von ihm hatte bereits die Gewissheit, in die Ewigkeit einzugehen.

EINSICHT

Meister Li saß, wie jeden Tag, am Ufer des T'ung-t'ing-Sees. Er war noch leicht trunken vom in der vergangenen Nacht genossenen Wein. Trunken war er zwar, doch auch inspiriert vom Wein, und ein Gedicht entstand:

»Vom Osten her – der Frühlingswind
Liebkost uns leicht die Wangen,
Sodass – wie im Vorübergeh'n –
Der Wein im Glase sanfte Wellen zeigt.

Die Blüten vor mir hat der Wind
Wohl auf den Boden ...«

Neben ihm materialisierte sich etwas. Jemand. Li T'ai-p'o wurde aus seiner Besinnlichkeit gerissen. Wer wagte es ... Er kannte ihn nicht, ein fremdes – ein nicht-chinesisches Gesicht.

»Wer seid Ihr?«, fragte er höflich. »Etwa ein T'ien-tsch'i, ein Himmelsgeist?«

»Ihr könnt mich K'o-t'êh nennen, in meiner Zeit war und bin ich ein Dichter, so wie Ihr. Und ein Himmelsgeist? Vielleicht, denn ich habe bereits das Zeitliche gesegnet und darf nun durch die Äonen streifen auf der Suche nach beispielhaften Werken menschlicher Dichtkunst.«

»Dieser Name K'o-t'êh ist mir kein Begriff«, sprach der Meister zögernd, denn er wusste nicht, was er damit anfangen sollte. Dann verstummte er; er musste die Harmonie wiederfinden, die ihm gestört worden war.

»Ein sehr berührendes Poem, das Ihr da gerade aufsagt«, meinte der Neuankömmling, bei dem eigentlich nur das Gesicht deutlich erkennbar war, der Rest des Körpers aber seltsam vage und undeutlich blieb. Also doch ein T'ien-tsch'i?

»Das ich gerade entstehen lassen wollte, als Ihr mich gestört habt«, bemerkte Meister Li mit einem minimalen Unterton an Schärfe, wie es eigentlich sonst gar nicht seine Art war.

»Es handelt sich um ein Loblied auf den Wein, wie Ihr vielleicht schon aus den Anfangszeilen entnehmen konntet«, erklärte der Dichterphilosoph. Er wandte sich wieder dem Eigentlichen zu, der Entstehung des neuen Gedichts.

Doch der Besucher war hartnäckig.

»Auch ich habe schon chinesische Lyrik geschrieben.«

Diese kühne Behauptung ließ Meister Li aufhorchen.

»Wirklich?«

»Ja«, behauptete jener, der sich K'o-t'êh nannte. »Ich folgte einer englischen Version und gestaltete danach das Poem.«

Dem zweifelnden Antlitz des chinesischen Meisters war anzusehen, wie skeptisch er war.

»So tragt es mir vor, sofern Ihr es parat habt!«

Und der Besucher rezitierte:

»Du tanzest leicht bey Pfirsichflor
Am luftigen Frühlings Ort;
Der Wind, stellt man den Schirm nicht vor,
bläst euch zusammen fort.«*

Bereits nach der ersten deklamierten Zeile war Meister Li zusammengezuckt. Nach Verklingen des letzten Wortes bemerkte er kurz:

»Das ist kein chinesisches Gedicht. Das ist einfach nur scheußlich. Es fehlt die Leichtigkeit, das Schweben der Sinne.«

In Sachen Poesie kannte Meister Li keine Rücksichtnahme und äußerte seine Meinung gegen jedermann.

Sein Besucher konterte: »Es ist ein Gedicht. Das Gedicht eines Têh-kuo Jen, eines Deutschen, denn ich bin Deutscher von Geburt.«

Meister Li blieb unerbittlich:

»Wenn dies ein Gedicht ist, dann ein schlechtes. Es fehlt die innere Kraft, das Eins-Sein des Dichtenden mit dem, was er besingt. Hört zu, lauscht der ersten Strophe meines eigenen bescheidenen Versuchs.«

Und er rezitierte noch einmal die Verse, die Goethe bei seiner Ankunft vernommen hatte. Diesmal freilich hörte er intensiv zu.

Als Meister Li geendet hatte, da verneigte sich Goethe vor seinem chinesischen Kollegen und sagte:

»Wenn ich damals diese Zeilen gekannt hätte, wäre ich nicht so vermessen gewesen, mich im Chinesischen zu versuchen.«

Mit diesen Worten verblasste auch sein Gesicht, und im Nu war er verschwunden, weiter auf der Suche durch die Äonen.

* Gestützt auf eine englische Übersetzung schrieb Johann Wolfgang von Goethe Anfang 1827 diese Nachdichtung eines chinesischen Gedichtes, dessen Autor mir unbekannt ist. Er setzte als Titel darüber »Die Lieblichste«, was er flugs durchstrich und in »Fräulein See-Yaou-Hing« umbenannte.

HAUSRECHT
ODER
WER EINE FUCHSFRAU STOERT

Von Zeit zu Zeit hatte Meister Li das Bedürfnis, auf langen Spaziergängen seinen Geist durchzulüften. Der Ort für derlei Kuren war in jedem Fall das nahe Ching-shan-Gebirge, dessen hohe Bambuswälder und Kiefernhaine Auge und Seele des Dichters zu manchem seiner Gedichte inspirierten.

Im Laufe einiger Jahre hatte der Meister manche Anlaufpunkte gefunden, die er immer wieder ansteuerte. So gab es, gelehnt an einen schroffen Abhang, eine Eremitenklause. Der Einsiedler namens Bo-erh, freute sich immer über einen Besuch des Dichterphilosophen. Von eher schlichtem Gemüt und ohne Ausbildung, lauschte er andächtig den Worten seines Besuchers, dessen Ruhm sogar bis zu ihm vorgedrungen war.

Als Li T'ai-p'o dieses Mal den steilen Trampelpfad hinaufgestiegen war, der zu der Waldlichtung führte, wo der Einsiedler hauste, blieb er kurz vor Erreichen der Örtlichkeit erstaunt stehen. Hier hatte sich einiges getan während der Monate, in denen er hier nicht vorbeigeschaut hatte.

Die einfache Hütte war offensichtlich nicht mehr bewohnt, die Tür hing nur noch an einer Angel und die hölzernen Schindeln des Daches hatte der Wind zum großen Teil weggeweht. Ehe sich Li-p'o näher umsehen konnte, kam Bo-erh unerwartet hinter einem Felsen hervor. Sein eher griesgrämiges Gesicht hellte sich auf, als er Li erkannte.

»Welche Ehre, Meister!«, rief er. »Hattet Ihr einen angenehmen Waldgang?«

Um sofort fortzufahren: »Ich muss Euch dringend um Rat fragen!«

Er deutete hinter sich, wo nichts als dichtes Gebüsch zu erkennen war, und winkte Li T'ai-p'o heran:

»Seht, ich habe ein neues Zuhause.«

Meister Li trat näher und erkannte den Eingang einer Grotte, die mit einem Überhang quasi ein Vordach besaß.

»Das war eine zufällige Entdeckung, als ich mich endlich aufraffte, allerlei altes Geäst und wucherndes Unterholz wegzuschaffen. Ich hatte mich einfach ringsumher nicht genug umgesehen. Kommt mit!«

Meister Li bestaunte die neue Unterkunft des Eremiten, der stolz darauf hinwies, dass seine Vorräte hier trockener und damit sicherer zu lagern waren. Viel hat er sowieso nicht, dachte Li, aber wie er selbst kam Bo-erh mit wenig zurecht.

Als er einen Tee anbot, willigte der Besucher ein, denn diese Grotte hatte etwas Geheimnisvolles.

»Weswegen wolltest du mit mir sprechen?«, fragte er.

Mit dem heißen Teewasser beschäftigt, das er auf einer kleinen Herdstelle heißmachte, sagte der Eremit nur »gleich« und wandte sich erst um, als er den Tee gebrüht hatte.

»Ich kann mich meiner neuen Bleibe nicht mehr erfreuen«, begann Bo-erh und nippte versuchsweise an seinem Becher.

Das Getränk war noch zu heiß und musste noch einen Augenblick ziehen, also rückte er endlich mit seinem Anliegen heraus:

»Ich schlafe sehr schlecht, und wenn ich dann nächtens durch meine Hütte gewandert bin, habe ich mir auf der Flöte selbst vorgespielt. Das hat mich beschäftigt und mich schlussendlich so schläfrig gemacht, dass ich endlich Ruhe gefunden habe. Das habe ich auch so vorgehabt, als ich diese Grotte gefunden und als meine neue Behausung eingerichtet habe. Doch inzwischen traue ich mich das nicht mehr.«

Meister Li hatte gerade von seinem Tee genippt, der von eher bescheidener Qualität war, als er das hörte.

»Wie bitte?«, fragte er. »Wie solltest du Angst haben, in deinem eigenen Heim auf der Flöte zu spielen?«

Der Einsiedler zögerte einen kurzen Augenblick mit der Antwort. »Als ich das erste Mal in der Nacht hier herumgewandert bin und eine meiner Lieblingsmelodien spielte, da hörte ich mit einem Mal eine Stimme, die sagte:

›Aufhören! Sofort aufhören!‹«

Ich erschrak fürchterlich, denn ich dachte, es sei noch jemand da, doch habe ich niemanden gefunden.

Bo-erh hielt inne, es schien ihm peinlich zu sein. Doch dann fuhr er fort:

»In der nächsten Nacht hat wieder dieselbe Stimme mein Spiel unterbrochen. Und seitdem habe ich es jede Nacht versucht, immer dasselbe. Seitdem schleiche ich nächtens durch mein Haus, denn das ist diese Grotte für mich, und habe Angst. Denn inzwischen höre ich diese Stimme auch tagsüber, wenn ich etwa mit den Töpfen klappere oder mir etwas zu Boden fällt.«

Er blickte seinem Besucher direkt in die Augen: »Sagt, Meister, bin ich verrückt geworden?«

Li T'ai-p'o hatte aufmerksam zugehört und sich auch sofort eine Meinung bilden können.

»Ich denke, ich kann dir helfen. Du hast sich schon einmal von sogenannten Fuchsfrauen gehört. Das sind dämonische Wesen, die auch unsichtbar in Erscheinung treten können. Wenn sie sich irgendwo eingenistet haben, wollen sie alleine sein, sie nehmen für sich das Hausrecht in Anspruch. Ich denke, so eine Fuchsfrau hat seit Längerem, also vor dir, diese Grotte bewohnt, und jetzt möchte sie dich vertreiben.«

Bo-erh hatte aufmerksam zugehört; sein Gesichtsausdruck war dabei immer nachdenklicher und trauriger geworden.

»Aber mir gefällt es hier! Diese Behausung ist so viel besser als meine alte Hütte. Muss ich ausziehen?«

Li T'ai-p'o wusste Rat: »Ich habe gesagt, ich helfe dir. Fuchsfrauen sind gierige Wesen. Wenn du diese hier sozusagen als Besitzerin akzeptierst, dann solltest du als Quasi-Mieter bleiben können.«

»Und wie?«

»Bringen die Bauern und Händler der Umgebung nicht immer wieder Nahrung, Gemüse und Reis oder auch Fisch? Davon solltest du jedes Mal einen kleinen Teil in einer Ecke offen ausbreiten. Ich bin sicher, die Fuchsfrau wird dies als Mietzahlung akzeptieren. Versuch es einfach!«

Und so geschah es. Beim nächsten Besuch des Meisters war das Problem bereits beseitigt.

DAS INNERE GEWITTER

Es lag in Meister Lis Natur, dass er versuchte, seinen Mitmenschen zu helfen, wo immer es ihm möglich war. Falls er einmal keinen Rat wusste, scheute er sich nicht, einen seiner Bekannten anzusprechen, von dem er vermutete, dass er zu einer Lösung des aktuellen Problems etwas beitragen konnte.

In einer solchen Situation befand sich der Meister eines Frühlingsmorgens, als er seine gewohnte Runde durch den mit frischem Grün geschmückten Maienwald drehen wollte. Ganz in Gedanken an einem kleinen Gedicht arbeitend, stolperte er und wurde so jäh in die Wirklichkeit gerissen. Nur mit Mühe gewann er das Gleichgewicht wieder, indem er sich an einen starken Bambus klammerte.

Vor ihm lag eine junge Frau mit Schaum vor dem Mund; ihre Augen blickten starr und waren tränenfeucht. Ihr Mund war wie zu einem Schrei weit aufgerissen, doch kein Laut kam heraus. Li T'ai-p'o erkannte, dass hier jemand Hilfe brauchte, auch wenn ihm nicht klar war, wie diese aussehen konnte. Er bückte sich und in genau diesem Moment kam Leben in die bis dahin toten Augen:

»Helft mir!«, flehte die junge Frau. Sie hatte eine angenehme Stimme und wollte offensichtlich noch etwas sagen, doch da dröhnte ein höhnisches Lachen in Meister Lis Ohr. Und das aus eben demselben Mund, aus dem er soeben um Hilfe angefleht worden war.

»Ha!«, dröhnte es dann. »Da kann niemand helfen!«

»Dir nicht«, mischte sich eine weitere Stimme ein. »Dieser Körper gehört mir.«

»Nein, mir!«, behauptete eine dritte Stimme.

»Ruhe!«, kam eine weitere Äußerung. »Ich allein bin zuständig!« und noch eine Stimme behauptete: »Ich bin hier zu Hause, ich allein. Dies ist mein Heim!«

Li war irritiert. Er verstand zuerst gar nichts, dann begann er langsam etwas zu ahnen.

Die Stimmen waren urplötzlich verstummt. Die junge Frau hielt die Augen geschlossen. Sie atmete tief durch, dann begann sie zu sprechen:

»Sie sind in mir. Behaupten, ich sei ihre Heimat und sie wollten in mir bleiben. Mal sind sie da und mal nicht. Was oder wer sind sie? Sie streiten miteinander. Ich möchte sie nicht in mir haben. Sie sprechen, ohne dass ich etwas sage, sie bewegen meine Glieder ohne meinen Willen. Sie sind etwas Fremdes. Aber was? Helft Ihr mir, ich bin Hao-pu?«

In ihren Augen lag pure Verzweiflung. Li T'ai-p'o begann zu verstehen. Wo konnte er Hilfe holen? Denn dass er alleine mit diesem Problem weiterkam, war unwahrscheinlich.

»Komm!«, sagte er und streckte der Liegenden beide Hände entgegen. »Ich helfe dir auf und dann wartest du in meiner Hütte, bis ich Hilfe geholt habe. Ich hoffe, es geht schnell, aber versprechen kann ich nichts.«

Meister Li war mehrere Tage von zu Hause abwesend gewesen. Sein Besuch in den Blauen Bergen hatte dem Orakeldeuter Bao-lo gegolten, von dem er vor Zeiten gehört hatte, er verstehe sich aufs Beherrschen und Vertreiben von Dämonen jeglicher Art. Von ihm hatte er in einem Beutel Mitbringsel dabei in der Hoffnung, helfen zu können.

Als Li spätabends wieder am T'ung-t'ing-See angekommen war, fand er seine Anhängerschaft in totaler Verzweiflung. Einige seiner Schüler hatten sich angeboten, auf Hao-pu achtzugeben und für ihr Wohlergehen zu sorgen, doch war offensichtlich nichts so gelaufen wie geplant.

Als Li T'ai-p'o seine Hütte betrat, hatte die junge Frau wieder einen jener »Anfälle«, bei denen unterschiedliche Stimmen – alle ihrem Mund entfleuchend – um das Heimrecht in ihrem Geist und ihrem Körper stritten. In der kurzen Zeit, die Li an der Tür verharrte, konnte er zwölf verschiedene Stimmen an ihren sehr unterschiedlichen Sprechweisen unterscheiden.

Es war höchste Zeit, dass etwas geschah!

Die total verstörte Hao-pu hockte apathisch in der hintersten Ecke, Lis Schüler waren im ganzen Raum verteilt. Und eindeutig ratlos.

»Hört mal her!«, sagte Li. »Ich habe etwas mitgebracht.«

Er holte einen hohlen Kürbis aus seinem Wanderbeutel, gefüllt mit leuchtend roten Beeren. Dabei tat er so, als beachtete er die Stimmen nicht, die den Raum füllten.

Er nahm eine der Beeren zwischen zwei Finger und hielt sie hoch, sodass alle sie sehen konnten:

»Hao-pu wird Hunger haben. Mein Freund Bao-lo hat gesagt, damit kann ihr geholfen werden!«

Die Stimmen aus dem Mund des Mädchens waren verstummt. Dann ertönte ein greller Schrei, gefolgt von den Worten:

»Wir müssen uns zurückziehen, diesen uns so genehmen Körper verlassen. Ungemach droht!«

Meister Li, der von seinem Freund instruiert worden war, tat so, als verstünde er nicht:

»Was ist los? Ich will Hao-pu nur etwas zu essen geben.«

»Du willst uns unsere Anwesenheit vergällen, du weißt zu viel. Denn mit diesen Beeren, Donnerfrucht genannt, wirst du ein inneres Gewitter in diesem Körper erzeugen, der uns ein Bleiben unmöglich macht. Solchen Erschütterungen des inneren Gefüges sind wir nicht gewachsen.«

Stille. Li T'ai-p'o wartete geduldig, er vermutete, dass die Dämonen sich berieten. Dann:

»Wir können nicht länger bleiben, die Spasmen und Dämpfe würden uns Schaden zufügen. Wir verziehen uns.«

Ein fast unhörbares »Pflopp« war zu hören, dann nichts mehr.

Hao-pu saß mit einem Mal aufrecht da, blickte sich etwas verwirrt um und wirkte erleichtert. Meister Li aber war erleichtert, dass er die Donnerfrucht nicht weitergegeben hatte. Denn der Orakeldeuter hatte ihn gewarnt:

»Sobald die junge Frau diese Beere gegessen hat, musst du den Raum verlassen. Denn es wird vom Geruch wie von den Geräuschen her unangenehm werden.«

Das war ihm und seinen Schülern erspart geblieben.

DAS WIRKLICHE LEBEN

Meister Li liebte es, im »Chou-kung chien«, dem Traumdeutungs-buch des Herzogs von Chou, zu lesen. Entstanden etwa 1050 nach Christus, pflegte der Autor des Traktats, eben jener sagenhafte Herzog der Chou-Dynastie, darin eine Systematik, die Li T'ai-p'os Sicht der Alltäglichkeiten, worunter er auch den Traum zählte, entgegen kam.

So konnte es geschehen, dass seine Schüler von Zeit zu Zeit Meister Li über das Traumdeutungsbuch gebeugt vorfanden, reglos und von der Umwelt quasi isoliert, für niemanden ansprechbar. Sie hüteten sich wohlweislich, ihren verehrten »Hsiensheng« zu stören, wenngleich sie nicht wussten, was sozusagen unmittelbar vor ihren Augen geschah.

Lediglich Pao Sho-ku, ein Abkömmling der früheren Gewaltherrscher von Tunghuang, der wegen schlechter Erziehungsmethoden seiner Eltern über ebenso schlechte Manieren verfügte, scherte sich nicht um irgendwelche Regeln. Als er wieder einmal Meister Li in der bekannten Pose über seinem Traumdeutungsbuch liegen sah, sprach er ihn an. Er wagte dies freilich nur, weil augenblicklich keine weiteren Schüler anwesend waren.

Kaum hatte Sho-ku Meister Lis Schulter berührt, schreckte dieser auf und sah sich irritiert um. Dann erkannte er den Jüngling aus Tunghuang: »Ich sollte dir zürnen«, sagte er. »Aber gerade jetzt bist du mir willkommen, zu hören, was ich zu sagen habe. Denn ich schwanke in meiner Wahrnehmung und weiß nicht, bin ich hier, bin ich dort oder bin ich zugleich hier und dort? Oder ist der Meister Li, der jetzt zu dir spricht, etwa nicht identisch mit jenem Meister Li, von dem ich dir erzählen muss?«

Angesichts der Ratlosigkeit im Gesicht seines Schülers musste Li lächeln.

»Pass auf: Ich las in diesem Buch und erfuhr einen Traum des Herzogs von Chou, in dem ich mich alsbald wiederfand. Ich träumte, am Ufer des T'ung-t'ing-Sees zu sitzen und ein Buch zu lesen. Ob es dieses war, das vor mir liegt, oder ein anderes, kann ich nicht sagen. In die Lektüre vertieft, bemerkte ich nicht die Fuchsfrau, die in ihrer ganzen Dumme betörenden Schönheit neben mir stand. Sie deutete auf das Buch und sagte: ›Komm mit mir in diese Traumwelt hinein und du sollst mich haben für immer und alle Zeiten.‹ Und ich konnte nicht widerstehen, ich, der solche Begegnungen ganz und gar nicht schätzt.«

Meister Li machte eine Pause, sichtlich erschöpft von den Traumerlebnissen. Sho-ku hatte ihm verständnislos zugehört; er verstand einfach nicht, worum es ging – Traum hin oder her.

»Woher ich wusste, dass es sich um eine Fuchsfrau handelte? Nun, als sie vor mir stand, zeigte sie mir kurz ihre wahre Gestalt, doch das war mir nicht widerlich – ich wollte mit ihr gehen. Und so gelangten wir in ein Haus, in dem neben einem üppigen Bett auch ein Tisch stand mit einem Buch darauf. Als ich mich niederbeugte, um es anzusehen, sagte die betörende Frau neben mir: ›Entscheide dich: Entweder dieses Buch mit einem Traum, in dem alles wieder so ist wie immer, oder ich mit den Lebensfreuden, die ich dir zu bieten habe.‹

Ich gestehe, dass ich nur mit halbem Ohr zugehört hatte, denn ich hatte auf Anhieb in dem Buch eine Stelle gefunden, in dem eine Situation beschrieben wurde, wo ich am Ufer des Sees sitze und ...«

Meister Li hörte abrupt auf, zu reden, denn Sho-ku hatte laut und ausgiebig gegähnt; ihn ödete das an, er verstand rein gar nichts. Doch Li T'ai-p'o schien das nicht zu stören. Er schloss seine Darlegungen mit den Worten:

»Ich schlüpfte in jenen Traum, den das Buch auf dem Tisch mir anbot, und wachte auf, weil du mich berührt hast. Ich frage mich, bist du es wirklich oder bist du nur eine Vorstellung von Li T'ai-p'o, der im Traum einen weiteren Traum hat und von daher glaubt, er sei von dir geweckt worden? Was will das bedeuten: Heißt es, nur wer lebt, kann träumen? Oder bedeutet das vielmehr: Weil ich träume, lebe ich?

Kann das etwa heißen: Der Traum ist die Wirklichkeit und die Wirklichkeit ist ein Traum?

Ich werde darüber nachdenken müssen, was das Leben wirklich ist.«

Meister Li erblickte nur noch den Rücken von Pao Sho-ku, der geflohen war. Er sah ihn nie wieder.

TEST
ODER
EINE RAETSELHAFTE BEGEGNUNG

Als der Meister zu sich kam, fand er sich in einer völlig fremden Umgebung wieder. Er lag in einem geschlossenen Raum, der eine Tür, aber keine Fenster besaß. Es war kalt hier drinnen; es fröstelte ihn. Seine gewohnte Kleidung vermochte die Kälte nicht abzuwehren – eine Kälte, die er zu Hause noch nicht einmal im Winter ertragen musste. Etwas zum Zudecken gab es nicht.

Das Bett, auf dem er lag, war aus einem unbekannten Material, desgleichen offenkundig fast alles in diesem Raum. Außer einigen Gerätschaften, die metallen aussahen und es wohl auch waren.

Ehe der Meister sich erheben konnte, wurde die Tür geöffnet. Eine Gestalt trat herein, die unwirklich, fast transparent wirkte, wenngleich sie zweifellos menschliche Umrisse besaß. Und sie war zweifellos von größerer Statur als in China üblich.

Er kam nicht dazu, etwas zu fragen, wenngleich er jede Menge Erklärungen benötigte, vielmehr wurde er von starken Händen gepackt und aufgehoben. Abgelegt wurde er auf einem Tisch im Nebenraum, wo offenbar noch mehrere Fremde auf ihn gewartet hatten. Auch sie waren von einer außergewöhnlichen Körpergröße.

Der Meister wurde in eine sitzende Position gebracht. Er verstand, dass er etwas betrachten sollte, doch was er erblickte, ergab für ihn keinen Sinn. Hier gab es nichts, was er von zu Hause oder von den Hütten seiner Nachbarn gewohnt war. Es gab keine Bäume oder Pflanzen, auch die zahllosen Blüten und Ranken seines Gartens, die er über alles liebte und denen er tägliche Inspirationen für seine Gedichte und philosophischen Metaphern verdankte, fehlten.

Hier herrschte leblose Kälte. Irgendwelche Lichter blinkten, bildeten mehrfarbige Kaskaden und erloschen mit einem Mal, nur um sogleich von Neuem zu blinken. Aber dabei handelte es sich um kein echtes Leben. Dies war nicht seine Welt!

Der Meister verstand nichts und blickte sich ratlos um. Man drückte ihm Dinge in die Hand, die ihm unbekannt waren. Man nahm ihm die Dinge wieder weg, hantierte vor seinen Augen mit ihnen und reichte sie ihm wieder zurück. Offenbar sollte er mit ihnen irgendetwas anfangen, doch er saß nur ratlos da. Und egal, was sie ihm auch zeigten oder vormachten, er verstand nicht, worum es ging und er wusste nicht damit umzugehen.

Schließlich brachen sie das irritierende Spiel ab und brachten ihn zurück in den ursprünglichen Raum, wo er wieder seinen Platz auf dem Bett fand. Er spürte einen Einstich an seinem Hinterkopf; dann schwanden ihm die Sinne.

Die Enttäuschung bei den Einzigen Echten Wesen, wie sie sich nannten, war riesengroß.

Sie waren in einem großen Sprung bereits an der kleinen galaktischen Spirale vorbei gewesen, als der Intelligenzsucher angeschlagen hatte. Für sie Anlass genug, umzudrehen und der Sache nachzugehen. Was sie fanden, war ein kleiner blauer Planet, der, folgten sie dem Handbuch zum Aufspüren technischer Intelligenz, wenig Erfolg versprechend aussah.

»Zu lieblich«, meinte der Große Temponaut, der von ihnen die meiste Erfahrung besaß. »Aber versuchen sollten wir es, zumal das Zentrale Kommunikationsgehirn uns gemahnt hat. Dem Volkswohl fehlt es offenkundig an Techniksklaven.«

Das mehrere Galaxien beherrschende Volk der Doppelhirne benötigte dringend Dienerpersonal für ihre überaus komplizierten Installationen, die von ihren Vorfahren entwickelt worden waren. Die Nachkömmlinge profitierten davon, auch wenn sie nichts mehr davon begriffen, geschweige denn Neukonstruktionen in Angriff nehmen konnten.

Daher benötigten die Einzigen Echten Wesen, die inzwischen praktische Arbeit als geringwertig verachteten, Hilfspersonal, das sie aus Fremdvölkern zwangsrekrutierten.

Dieser kleine blaue Planet war eine neue Hoffnung gewesen, denn sie benötigten dringend »Nachschub«, wie sie es nannten.

Und nun das! Dieses Wesen war absolut unfähig, Technik auch nur zu erkennen, geschweige denn zu bedienen. Man hatte ihnen prophezeit, dass sie auf solche Intelligenzen stoßen könnten, denen jedes Technikverständnis abging.

»Wir müssen weiter!«, befahl der Große Temponaut, »Bringt diesen Nichtsnutz zurück zu seiner Hütte. Ich denke, die nächsten zwei- bis dreitausend Jahre brauchen wir uns hier in dieser Gegend nicht mehr umzusehen.«

Dass Meister Li ab und zu eine Auszeit brauchte, in der er sich ganz von seinen Schülern und der Umwelt zurückzog, um sich seiner Poesie und seinen Gedanken über die Welt an sich zu widmen – daran hatten sich seine Schüler und Verehrer gewöhnt. Zumal er ankündigte, ab wann er seine Abkehr vom Alltag beginnen lassen wollte. Doch diesmal war alles anders.

Li T'ai-p'o war einfach verschwunden gewesen, als habe es ihn nie gegeben. Und nach einigen Tagen saß er nun wieder, als sei nichts geschehen, vor seiner Hütte. Freilich war er, der doch so eloquent über sämtliche Gegebenheiten reden konnte und zu allem einen – bisweilen sogar scharfzüngigen – Kommentar parat hatte, wortkarg seinen Schülern gegenüber. Und so sehr diese auch drängten, er äußerte sich nicht dazu, wo er gewesen und was er getan oder erlebt hatte.

Denn zum ersten Mal in seinem Leben verstand der Meister nicht, was vorgefallen war.

Die Essenz seines verzweifelten Schweigens fand ihren Niederschlag in seinem Gedicht »Rätselhafte Begegnung über dem T'ung-t'ing-See«, das bis heute nur in der altchinesischen Fassung vorliegt, da es sich jeder Übersetzung in eine andere Sprache widersetzt und selbst eine Interpretation ins moderne Hochchinesisch bislang nicht gelungen ist.

TRADITION

Sein Ruf als weiser Mann, der zu mancherlei Dingen des täglichen Lebens, aber auch darüber hinaus, Schlüssiges sagen konnte, bescherte Li T'ai-p'o zahlreiche Besucher: Neugierige und Ratsuchende, junge und alte.

Eines Tages erschien ein hoher Beamter der Bezirksregierung bei Meister Li. Er nahm nach kurzer Begrüßung auf der Matte vor der Hütte Platz und überfiel sein Gegenüber gleich mit der Frage, die ihn augenscheinlich zurzeit am meisten beschäftigte:

»Wie haltet Ihr es mit der Tradition, Meister? Haltet Ihr traditionelles Verhalten für notwendig oder lehnt ihr das etwa ab?«

Eine solche Frage aus dem Munde eines hohen Beamten erstaunte Li T'ai-p'o, der selbst einmal vor der Entscheidung gestanden hatte, die staatliche Laufbahn anzustreben.

»Ehe ich Euch darauf antworte, solltet Ihr mir erklären, was Ihr unter Tradition versteht. Seid gewiss, dass ich versuchen werde, Eure Frage nach bestem Wissen zu beantworten, doch es kann ja durchaus sein, dass Euer Verständnis von Tradition mit dem meinen nicht übereinstimmt.«

Der Besucher zögerte mit seiner Antwort; Li hatte den Eindruck, dass er selbst nicht genau wusste, wie er sich ausdrücken sollte.

»Nun«, sagte der Philosoph und Dichter, um dem Zögernden zu helfen. »Mir würde ein Beispiel genügen.«

Das schien dem Gast entgegenzukommen:

»Nehmen wir die Riten, die das Verhalten zwischen Familienmitgliedern regeln. Die ehrfurchtsvolle Haltung gegenüber den Eltern; die Stellung des älteren Bruders zu seinem jüngeren usw. Oder nehmt das Verhalten eines Untergebenen zu seinem Vorgesetzten. Wie ist Eure Meinung dazu? Kann solche Tradition rechtens sein?«

Meister Li war überrascht, eine solche Frage ausgerechnet von einem Beamten gestellt zu bekommen.

»Das Miteinander von Menschen erfordert ohne Zweifel Regeln, sonst könnte man nicht miteinander auskommen. Ich nehme an, es gibt ein konkretes Beispiel, das Ihr mir nennen könntet ...«

Der hohe Beamte nickte bestätigend: »Vor wenigen Monden ist ein junger Mann zu mir gekommen, der gerade das Palastexamen bestanden hat. Er ist gewiss von wachem Geist, doch er versteht es nicht, sich unterzuordnen. Weise ich ihn an, etwas zu tun, dann bringt er Gegenvorschläge, anstatt darauf zu vertrauen, dass ich als sein Vorgesetzter das Richtige veranlasse. Das lässt die Ehrerbietung mir gegenüber vermissen, die mir laut Konfuzius zukommt.«

Nun wusste Li T'ai-p'o, wo und wie er einzuhaken hatte.

»Ist es nicht Aufgabe der Jungen, Neues zu wagen? Und muss es daher nicht zu Widerspruch gegenüber Vorgesetzten, gegenüber dem älteren Bruder oder gar dem Vater kommen?«

Der hohe Beamte schien verwirrt.

»Aber ist es nicht so, dass ...«

Meister Li ließ ihn nicht ausreden:

»Weswegen seid Ihr zu mir gekommen?«, fragte er.

»Nun, weil weitum Eure umfassenden Kenntnisse, Eure grundlegende Weisheit gerühmt werden. Daher dachte ich, Ihr könntet mir helfen.«

»Ihr hättet einen anderen Kundigen fragen können, oder ...?«

»Nein«, der Widerspruch kam heftig, aber bestimmt. »Ich möchte Eure Meinung hören.«

Meister Li schwieg einen Augenblick, obgleich es ihn danach drängte, sofort zu antworten. Doch ein wenig Abwarten erhöhte die Spannung, daran war ihm gerade jetzt gelegen. Dann begann er:

»Ich will Euch aus meiner Jugend erzählen. Mein Vater war Fischer und nach seinem Willen sollte ich meine soziale Stellung verbessern und das Mandarinexamen ablegen, um so in den Genuss des Beamtenprivilegs zu kommen. Als gehorsamer Sohn bemühte ich mich mit den Klassikern, wenn auch mein Sinn und Begehr nach ganz anderen Dingen stand. Mich schreckte die geregelte Welt der Beamten ab, ich wollte mehr Freiheit. Und ich wollte eine innere Harmonie erreichen im Einklang mit der Natur. Danach war mir und dennoch mühte ich mich, dem Willen meines Vaters zu folgen. Bis – ja, bis eines Tages eine unerwartete Begegnung mit jemandem, dessen Name dir nichts sagen würde, mich in meinem Sehnen bestärkte, sodass ich die Vorbereitungen zum Examen beendete. Ich wurde zu dem, der ich heute bin.

Hätte ich mich damals nicht – trotz der rituellen Vorschriften – gegen die Vorstellungen meines Vaters aufgelehnt, Ihr könntet heute nicht hier sitzen und mich darum bitten, Eure Frage zu beantworten.«

Lange Zeit saß der Besucher schweigend; er wollte gerade zum Reden ansetzen, als Meister Li hinzufügte:

»Regeln sind wichtig, ohne Zweifel, und unsere Riten haben ihre Berechtigung. Doch wenn nicht ab und zu einer von den Jungen ausbrechen würde aus diesem allzu starren Gefüge, dann gäbe es wahrscheinlich nie Veränderungen oder Neuerungen. Ich denke, Ihr tätet gut daran, die Vorschläge Eures jungen Untergebenen anzuhören und ...«

»Ja, ich habe verstanden!«, unterbrach der hohe Beamte. »Vielleicht ist manches davon gar nicht so schlecht.«

Meister Li erhob sich, lächelte kurz und ging dann in seine Hütte, deren Tür er hinter sich schloss.

ROTSALZ

Kaum hatte Li T'ai-p'o der von seinen ehrgeizigen Eltern ursprünglich angestrebten Beamtenlaufbahn den Rücken gekehrt und war in den Süden gezogen, als er begann, die religiösen und mystischen Standardwerke abseits der konfuzianischen Tradition zu studieren. Mit viel Glück hatte er eine Bleibe in einer halb verfallenen Hütte gefunden, die er im Laufe einiger Wochen soweit instand gesetzt hatte, dass er vor Wind und Regen geschützt war. Bei einem Fischer hatte er eine Beschäftigung gefunden, die es ihm gerade noch ermöglichte, einen bescheidenen Lebensunterhalt zu bestreiten. Bescheiden, doch er war's zufrieden.

Die Tage gingen dahin, und T'ai-p'o studierte nach getaner Arbeit jene Schriften, die ihm von seinen Eltern wie auch von seinen Lehrern als unziemlich, da unorthodox, verweigert worden waren. Und er merkte, dass in den Texten so manches zu finden war, was sich auch im täglichen Leben anwenden ließ. Diese Erkenntnis wuchs allmählich und hatte ihren Beginn mit einer abendlichen Begegnung:

T'ai-p'o hatte einige Tage zuvor mit dem Studium des Shen-kui Ching, »Klassiker der Geister und Gespenster«, begonnen und war in Erinnerung an das Gelesene ganz in Gedanken versunken, als er unweit seiner Hütte auf Ma-yung traf, mit dem er fast zusammenstieß.

»Entschuldigt vielmals«, stammelte der Siebzehnjährige, der offensichtlich selbst nicht auf den Weg geachtet hatte. Er war der Gehilfe eines weiteren Fischers und hatte sich spontan angeboten, den Neuling in die Gepflogenheiten und Notwendigkeiten des Fischerberufs einzuweisen. Mit seiner freundlichen, offenen Art und Hilfsbereitschaft hatte er T'ai-p'o die Eingewöhnung in die neue Umgebung sehr erleichtert.

Nun stand Ma-yung dem Neuling aus dem Norden etwas betreten gegenüber. Es war ihm anzusehen, dass ihn etwas bedrückte. Offenbar so sehr bedrückte, dass er auf T'ai-p'os Nachfrage sofort zu sprechen begann, es sprudelte geradezu aus ihm heraus.

Er hatte vor wenigen Monaten die gleichaltrige Tochter eines Kleiderhändlers vom anderen Ufer des Sees geheiratet, eine Kleinigkeit, wie er es nannte, hatte die anfängliche Harmonie gründlich gestört. Es handelte sich um eine Maus.

»Mei-yao, meine Frau, findet sie einfach ›süß‹, für sie ist das so eine Art Spielzeug. Ich dagegen möchte sie einfach weghaben, denn sie frisst unsere Lebensmittel an, und ihre Hinterlassenschaften habe ich sogar schon auf der Essensmatte entdeckt. Wir erwarten ein Baby ... und ...«

»Ich verstehe«, sagte Li T'ai-p'o. »Können nicht deine oder ihre Eltern mit ihr reden ...«

»Das war schon. Ohne Erfolg! Was also soll ich tun. Ich habe Angst, dass meine Ehe wegen dieser Maus in ewigen Streitereien endet.«

»Vielleicht kann ich dir helfen«, überlegte Li, denn er erinnerte sich an eine Stelle im »Klassiker der Geister und Gespenster«. »Gibt es nicht unweit von hier, in den Blaugrünen Bergen eine Salzmine? Und werden diesem Salz nicht besondere Kräfte zugesprochen?«

Ma-yung verstand nicht. »Salz? Ja, es heißt ›Hung-di Yen‹, weil es eine leicht rötliche Farbe zeigt, sobald es mit Feuchtigkeit in Berührung kommt. Aber was hat das mit meiner Frau zu tun?«

T'ai-p'o lächelte. »Vielleicht kann ich dir so deine freundliche Hilfe danken und deiner Frau ein neues Spielzeug schenken. Du musst Folgendes tun.«

Nach der Instruktion bedankte sich Ma-yung artig und eilte von dannen.

Es dauerte genau drei Tage, bis ein glücklicher Ma-yung vor Li T'ai-p'o stand.

»Meister«, sagte er und zum ersten Mal erfuhr Li diese Anrede. »Meister, ich habe alles getan, wie Ihr mir geraten habt. Und es ist gelungen, was Ihr vorausgesehen habt. Wie konntet Ihr das wissen?«

T'ai-p'o wehrte ab: »Ich freue mich, dass deine Frau nun ein neues ...«

»Eine Fledermaus«, ergänzte Ma-yung, ehe sein Gegenüber den Satz vollenden konnte. »Sie wird uns Glück bringen.«

»Ich weiß so manches«, fügte Li hinzu und verstummte. Der junge Fischer, der sich freudestrahlend entfernte, musste nicht wissen, dass T'ai-p'o das eben geäußerte Wissen seiner Lektüre verdankte. Dort hatte es, zitiert nach dem Rat einer von einem Dämonenjäger gefangenen Fuchsfrau, die sich damit ihre Freiheit erkauft hatte, geheißen:

»Einer Mäuseplage begegnet man mit dem Rotsalz aus den Blaugrünen Bergen. Man bringe die Kristalle mit feuchter Nahrung in Verbindung und locke damit die Maus. Sie verwandelt sich dadurch in eine Fledermaus, das Symbol für einen glücklichen Hausstand.«

Li T'ai-p'os guter Ratschlag machte im Nu die Runde an den Ufern des T'ung-t'ing-Sees.

Seitdem war er »Meister Li«.

EIN TROPFEN BLUT

Seit einiger Zeit hatte Meister Li den vagen Eindruck, beobachtet zu werden. Wann genau und vom wem, war ihm unklar. Ebenso der Grund dafür. Als er eines Nachts sogar davon träumte, beschloss er, genauer hinzusehen.

Vor zwei Monden waren drei Scholare am See eingetroffen und hatten sich Lis Schülerschar zugesellt, nachdem sie brav um Erlaubnis gefragt hatten. Alle drei zeigten sich sehr beflissen, folgten Lis Ausführungen sehr aufmerksam und schienen bestrebt, ihren Aufenthalt bei dem großen Meister voll auszukosten.

Li T'ai-p'o wollte niemandem unrecht tun, das hätte sein Weltbild ins Wanken gebracht, gleichwohl argwöhnte er, einer von den dreien könnte der heimliche Beobachter seiner Person sein. Über die Tage sammelte er Hinweise, Andeutungen, vermutete, ahnte und allmählich glaubte er, zu wissen, wer sein Beobachter war. Doch sicher war er sich nicht, der letzte Beweis fehlte. Daher ließ er sich Zeit, ehe er Lo Chuang-t'ai zur Rede stellte, und zwar im Kreise der anderen Schüler.

Sie saßen nach der mittäglichen Meditation zusammen, als sich Meister Li räusperte, was für die anderen immer bedeutete, besonders aufmerksam zu lauschen.

»Weswegen bis du wirklich hier?«, fragte er, direkt an Lo gewandt.

Dieser tat erstaunt: »Meister, was meint Ihr?«

»Warum kontrollierst du mich?«

»Ich verstehe nicht«, tat der Schüler erstaunt.

Li lächelte: »Seit Tagen widme ich dir meine Aufmerksamkeit und habe gewisse Hinweise. Zum Beispiel kneifst du die Augen zusammen und siehst schlecht. Du sitzt gerne im Schatten, man könnte vermuten, du meidest die Sonne, denn ...«

In diesem Moment ertönte eine Stimme: »Seid gegrüßt, Meister der Weisheit. Seht her, was ich Euch bringe.«

Ein Kleinbauer, Anrainer des Sees, dem Li einmal geholfen hatte. Er trug eine Armbrust in der linken Hand.

»Frisch erlegt!«

Der Neuankömmling hielt eine Ente hoch: »Ein Geschenk!«

Li T'ai-p'po hatte eine Eingebung. Normalerweise verzehrte er wenig Fleisch, doch eine Ente ...

»Ihr kommt wie gerufen«, sagte er und streckte die Rechte aus. »Ganz frisch?«

Der Bauer strahlte: »Vor wenigen Augenblicken, auf dem Weg hierher, hatte ich das Glück.«

Li griff zu und suchte die Schusswunde, tauchte den Zeigefinger in das noch nicht geronnene Blut und ...

Mit einem Satz sprang Lo Chuang-t'ai auf, doch zu spät. Das Blut von Lis Finger hatte ihn bereits im Gesicht getroffen. Ein grässlicher Schrei ertönte; Lo schrumpfte und wurde im Nu zu einem kleinen, mit Pockennarben bedeckten Wesen, das mit den Worten »Ich wollte den Meister Li genauer kennenlernen!« auf sechs Beinen das Weite suchte.

Die Schülerschar war aufgesprungen; der Bauer staunte mit offenem Mund.

»Dachte ich mir's doch!«, sagte Meister Li. »Ein Hsüeh Ta-kui – ein Blutdämon.«

Als alle stumm staunten, fuhr er fort: »Sie gelten als blutdürstig, doch bereits unsere Vorfahren wussten, dass sie in Wahrheit kein fremdes Blut an sich vertragen. Das brennt auf ihnen wie Feuer und lässt sie ihre ursprüngliche Gestalt annehmen.«

Li T'ai-p'o hielt inne, um dann etwas traurig fortzufahren: »Schade! Hätte er sich mir offenbart, vielleicht wäre so ein Dämon erstmalig zu Weisheit gelangt ...«

SALAMANDER

»Meister, was haltet Ihr von Träumen?«

Mit dieser Frage wurde Li T'ai-p'o überrascht, als er eines Morgens bei Sonnenaufgang aus seiner Hütte trat, um seinen täglichen Rundgang anzutreten.

Vor ihm stand Mei Zhao-rung, einer seiner langjährigen Schüler und seit wenigen Tagen frischverheirateter Ehemann einer bezaubernden Schönheit, deren lang getragenes schwarzes Haar einen seltsam bronzenen Schimmer besaß und Li gleich bei der ersten Begegnung begeistert hatte. Erstaunlich war, dass der ansonsten eher zurückhaltende und bescheidene Zhao-rung eine solche Schönheit hatte erringen können und Meister Li verstand sehr wohl, dass der junge Mann an seiner Bao-mei hing. Er war von kränkelnder Gesundheit, bekam oft schlecht Luft und war wenig ausdauernd.

»Träume sagen oft die Wahrheit«, beantwortete Li T'ai-p'o die Frage. »Oft liegt in ihnen eine zukünftige Wahrheit. Das kann ich dir sagen, nachdem ich das berühmte Traumbuch des Herzogs von Chou aufmerksam gelesen habe.«

»Wie kann das sein? Oder anders gefragt: wie äußert sich das?«

»Du musst davon ausgehen, dass im Traum oft etwas prophezeit wird und genau das Gegenteil dazu eintritt. Und dazu kommt es, weil der Träumende sozusagen vorgewarnt wird und auf diese Weise die Prophezeiung zunichtemacht.«

»Uff!« Man sah dem jungen Mann die Erleichterung an.

»Weswegen deine Frage?« Jetzt war Meister Li neugierig geworden.

Mei Zhao-rung war verlegen, zögerte und äußerte sich dann doch:

»Mir träumte, dass ein Dämon neben meiner Bettstatt auftauchte und zu mir sagte: Salamander wird sterben, wenn du nicht aufpasst. Salamander musst du pflegen – es hilft auch dir.«

Mei schaute den Meister ratlos an: »Was hat das zu bedeuten? Kannst du mir sagen, was ich tun soll?«

»Ich denke«, antwortete Li T'ai-p'o und Zhao-rung sah ihm an, dass er sich freute, »du hast das große Los gezogen. Wenn ich mich recht erinnere, stammt deine hübsche Frau mit ihren braun schillernden Haaren aus dem Familienclan der Rong. Ist das nicht auch die Bezeichnung für den Riesensalamander, der in den Gelben Bergen zu Hause ist? Und stammt deine Frau nicht geradewegs von dort? Folgt man dem Weisheitsbuch der Hakkas, die in jenen Bergen leben, dann besitzen diese Reptilien eine schwarze Haut, die bronzefarben schillert. Weiter wird behauptet, dass die ihnen innewohnenden Zwergdämonen von Zeit zu Zeit einen Salamander in die Menschenwelt schicken, um die besonderen Eigenschaften jener Tierpopulation wirken zu lassen. Denn sie ...« Zhao-run war bleich geworden. Fassungslos starrte er seinen Meister an und unterbrach ihn schroff, was sonst nicht seine Art war:

»Heißt das etwa, dass meine Frau ein ...«

»Lass mich doch bitte ausreden!«, wies ihn Li sanft zurecht. »Ich habe dir noch mehr zu sagen. Denn nach den Mythen der Hakkas besitzen diese Riesensalamander die Fähigkeit, kranken, anscheinend unheilbaren Menschen zu ewiger Gesundheit zu verhelfen. Wie steht es um dich? Ich habe dich heute noch kein einziges Mal nach Luft ringen oder husten gehört. Dir scheint es besser zu gehen ...«

Zhao-rung war wie geschockt. Er stand da und suchte nach Worten. Schließlich stieß er nur hervor: »Recht habt Ihr, Meister. Seit der Hochzeit fühle ich mich wohler. Aber wenn sie doch eine Rong ist ...«

»Sie ist eine sehr schöne Frau«, bemerkte Li T'ai-p'o, »schau sie dir immer wieder an. Salamander sind bekanntlich treue Wesen, sie halten zu ihrem Partner bis zum Tod.«

Der Meister tat nun etwas, was er sonst tunlichst vermied, um den nötigen Abstand zwischen Lehrer und Schüler zu wahren: Er umarmte Zhao-rung und stellte fest: »Ich denke, du hast das große Los gezogen.«

DER RAT DER REISFEE

Auf einem seiner regelmäßigen Spaziergänge nördlich des T'ung-t'ing-Sees traf Meister Li eines Tages auf Ma Nun-go. Der Kaufmann aus der Kreisstadt hatte gerade die Reisfelder seines verstorbenen Vaters geerbt, und als er Li T'ai-p'o erblickte, fragte er höflich, ob er ihn etwas fragen dürfe. Auf ein Nicken hin sagte er:
»Ich möchte möglichst viel Reis auf diesen Feldern ernten. Was muss ich tun?«
»Dein Vater war Reisbauer«, antwortete der Meister. »Wende weiterhin seine Methoden an, dann wirst du Erfolg haben.«
»Das ist mir zu wenig. Ihr wisst, ich bin Kaufmann, ich brauche höhere Erträge.«
Meister Li blieb stumm.
»Dann werde ich der Reisfee opfern, damit sie mir weiterhilft«, sagte Ma Nun-go.
Li T'ai-p'o konnte nicht länger schweigen:
»Vorsicht! Die Feen sind sehr schöne und göttliche Wesen, aber sie lieben es, uns Menschen zu necken.«
Der Kaufmann war zuversichtlich: »Ich werde genügend Opfer darbringen, werde Spielgeld noch dazugeben; sie wird mir helfen müssen.«
»Ich rate zur Vorsicht«, wiederholte Meister Li und ging.

Monate später erschien Ma Nun-go bei Li T'ai-p'o. Er sah so verhärmt aus, dass der Meister erschrak.
»Was ist geschehen, wenn ich fragen darf?«, erkundigte er sich.
Der Kaufmann errötete, stand verlegen und suchte nach Worten:
»Hätte ich nur auf Euch gehört! Nach meinem Opfer erschien die Fee und ich äußerte meinen Wunsch.«
»Wie war deine Frage?«
»Die Reispflanzen sind mir zu langsam gewachsen, also wollte ich wissen, wie ich ihr Wachstum beschleunigen könnte.«
»Und?«
»Sie riet mir, jede Pflanze ein wenig in die Höhe zu ziehen, das würde ihnen helfen. Es war eine anstrengende Arbeit.«

Meister Li schwieg.

»Alle meine Pflanzen sind verwelkt, die Ernte verloren«, klagte Ma. »Und das Opfer umsonst!«

DAS MALEN VON GEISTERN

Tag für Tag scharten sich seine Schüler um Meister Li, begierig, seine Erkenntnisse zu hören und darüber diskutieren zu können. Dabei handelte es sich um Menschen unterschiedlichster Herkunft, aus dem Norden wie aus dem Süden, aus armen, aber auch aus begüterten Familien. Viele waren jung, doch andere waren schon grau- oder gar weißhaarig, denen man ihr Alter und die Last der Jahre ansah.

Nicht wenige der Verehrer, die zu Meister Li stießen und vielleicht einige Wochen oder Monate, oft genug aber Jahre bei ihm verbrachten, träumten von einem Leben als Künstler – als Musiker, Poet oder auch Maler und suchten nach einem Weg, es Li T'ai-p'o nachzumachen. Manche verhielten sich ganz unauffällig, andere dagegen waren bestrebt, ihre Kenntnisse und Fähigkeiten herauszustreichen. Diese Typen mochte Meister Li nicht besonders, hütete sich aber, ihnen dies geradewegs ins Gesicht zu sagen. Er bevorzugte andere Methoden.

Pao Su-chou war gebürtiger Kantonese; eine innere Unrast hatte den Maler getrieben und ihn sich für eine Weile am T'ung-t'ing-See aufhalten lassen. Gleich am zweiten Tag nach seiner Ankunft, Meister Li veranstaltete eine Meditationsstunde vis-à-vis einer klassischen Bildrolle, die ein westchinesisches Gebirgsmassiv zeigte, fiel der ansonsten seriös wirkende Maler durch seine Großspurigkeit auf: Das Bild sei nicht schlecht, betonte er nach der Meditation, doch habe der Künstlerkollege bedauerlicherweise das Wesen eines Berges nicht erfasst. Er an dessen Stelle hätte das Bild ganz anders, hintergründiger und damit dem Objekt entsprechender, auf das Reispapier gebracht.

Meiste L i beobachtete mit großem Interesse, wie einige seiner Schüler, beileibe nicht seine besten, sich dieser Kritik anzuschließen versuchten, indem sie in dieselbe Kerbe hauten. Er selbst hielt sich mit Äußerungen zurück, zumal ihn das, was er bisher von Su-chous Malereien gesehen hatte, keineswegs zu überzeugen vermochte. Wie so oft, wartete Meister Li auf eine günstige Gelegenheit, seine Meinung zu äußern.

Der Zeitpunkt war günstig, als Li T'ai-p'o eines Abends beschloss, die Schüler vorzeitig zu entlassen und am Ufer des Sees einfach vor sich hin zu träumen. Pao, der Maler, hatte bislang nicht gelernt, solche – nicht allzu selten ausgesprochene – Wünsche des Meisters zu respektieren. Andere waren da rücksichtsvoller und klüger. Jedenfalls gesellte sich Su-chou wie selbstverständlich zu Meister Li und ließ sich, ohne um Erlaubnis zu fragen, an seiner Seite am Ufer des Sees nieder. Ein Verhalten, das Li T'ai-p'o aufs Schärfste missbilligte. Aber er schwieg zunächst, bis er merkte, dass der Maler unruhig zu werden begann. Offenbar wartete er auf Äußerungen des Meisters, exklusiv für sich allein.

Soll er haben, dachte sich Meister Li und begann:

»Sag mir, damit ich dich und deine Kunst besser kennen und verstehen lerne, welche Motive malst du gerne? Du verstehst, es mag wichtig sein für deinen Charakter und deine Persönlichkeit, wenn klar wird, welche Motive aus welchen Gründen dir besonders liegen und weswegen du andere nicht so gut beherrschst.«

Su-chou strahlte, denn endlich hatte er die Gewissheit, dass der Meister ihn als etwas ganz Besonderes unter seinen Schülern ansah. Einen Menschen von Bedeutung, bedeutender zumindest als seine anderen Schüler. Der Maler war überzeugt, dass dies so war, denn: Saß er nicht hier in trauter Zweisamkeit am Ufer des Sees und war er nicht im Gedankenaustausch mit dem berühmtesten Menschen im weiten Umkreis?

»Meister«, begann Su-chou und reckte seinen Oberkörper, ein Zeichen, dass er sich geschmeichelt fühlte. »Eigentlich gibt es nichts, was ich nicht malen kann. Und eigentlich male ich auch alles sehr gerne. Gewiss gibt es da ...«

»Wie steht es mit Landschaften? Ich habe etliche Darstellungen von dir betrachten können. Kann ich davon ausgehen, dass hohe Berge mit schroffen Felsen, die sanft geschwungenen Ufer unseres Sees oder Gewitterwolken über hochragendem Bambus für dich die größte künstlerische Freude sein können?«

Diese Frage war eigentlich so gar nichts, was der Maler erwartet hatte. Hätte es nicht nähergelegen, zumal aus dem Munde des Meisters, dass dieser sich nach dem Sinn und nach den ästhetischen Kriterien des künstlerischen Schaffens seines Schülers erkundigte?

»Ich male solche Motive gerne, wirklich«, beteuerte Su-chou, doch ganz ehrlich klang das nicht. Man konnte den Vorbehalt quasi spüren. Daher hakte Meister Li nach:

»Wie steht es mit Menschen, wenn sie dir begegnen oder du sie bei ihrer Tätigkeit beobachten kannst? Wie hältst du es mit Kindern oder ...«

Der Maler unterbrach den Meister mit einem Mal. »Warum ist es so wichtig, zu wissen, was ...«

Was ihm entging, war der Gesichtsausdruck von Li T:ai-p'o. Denn dieser blickte im Augenblick gerade hinaus auf die Wellen, die im Abendwind ans Ufer schwappten. Was dem Maler entging, war eine gewisse Befriedigung, die sich in den Augen des Meisters spiegelte. Nun hatte er ihn!

»Wenn dir das nicht gefällt«, ließ sich der Poet und Philosoph nun vernehmen, »dann sag mir wenigstens: Was malst du am liebsten?«

Die Antwort kam so schnell, dass man vermuten konnte, der Maler habe nur darauf gewartet, genau das zu sagen: »Gespenster und Geister, Dämonen und Götter!«

Nun sah Li T'ai-p'o Pao Su-chou, seinem so sehr von sich überzeugten Schüler, geradewegs in die Augen.

»So ist das also: Lauter Motive, für die es keine realen Vorbilder gibt. Zu zeigen, was die Natur bietet, wie die Landschaft gestaltet wurde oder wie Menschen im Laufe der Jahre ihr Alter im Gesicht tragen – dazu gehört Meisterschaft, gehört auch feinsinnige Korrektheit verbunden mit sensibler Einfühlungsgabe. Aber Geister und Dämonen – wer kann sagen, wie sie aussehen? Dazu gehört nicht viel, sie zu zeigen, wie sie in der Menschen Fantasie aussehen könnten – oder auch nicht!«

Meister Li erhob sich und sah auf den Maler herunter, der unter seinen Worten zusammengezuckt war.

»Ist das wirklich so meisterlich?«

Li wandte sich zum Gehen und sagte nur noch: »Du kannst gerne sitzen bleiben und Zwiesprache mit dem See halten. Vielleicht kannst du da noch etwas lernen.«

Am nächsten Morgen hatte Meister Li einen Schüler weniger.

DIE PUPPEN DES MAGIERS

Es war ein Schock für Meister Li, als er aufsah und sie vor sich sah: die Puppe. Aus seiner morgendlichen Meditation gerissen, die er zu dieser frühen Stunde mit einem Spaziergang verbunden hatte, starrte er einen Augenblick lang fasziniert auf etwas, das es eigentlich nicht geben konnte. Eine Puppe, die ihm entgegenkam, halb so groß wie ein Mensch und gekleidet in einen Harnisch, wie er ihn aus Beschreibungen der legendären Tonarmee des »Gelben Kaisers« kannte.

Ob es diese tönerne Armee wirklich gab oder gegeben hatte, wusste Li T'ai-p'o nicht, denn darüber gab es lediglich die Beschreibung in den Historien des Sze-ma Chien, die viele für reine Fantasie hielten. Was also sollte er davon halten, dass nun ein solcher Krieger auf ihn zukam, der nicht einmal die Größe erreichte, die Chien genannt hatte? Denn der vor langen Jahrhunderten verstorbene Historiker hatte von menschengroßen Figuren gesprochen.

»Macht Platz«, sagte das Gebilde aus Ton und zog ein Schwert aus seinem Gürtel, das die Größe eines gewöhnlichen Küchenmessers hatte. »Mein Herr kommt und wünscht, ungehindert seinen Weg fortzusetzen.«

Bei diesen Worten tauchte hinter dem Puppenzwerg Ma Lo-lo auf, ein taoistischer Adept, der erst seit Kurzem in der Gegend weilte und dem Meister Li bislang nur einmal begegnet war. Als dieser die Situation erkannte, rief er:

»Hör auf! Komm her!«

Prompt gesellte sich der kleine Krieger zu seinem Herrn.

»Meister Li!«, rief dieser und lächelte. »Wie Ihr seht, gehe ich meinem Beruf als Dämonenfänger nach ...«

Davon hatte Li T'ai-p'o gehört, verstand aber nicht recht den Zusammenhang mit dieser Puppe.

Der Taoist beeilte sich, zu erklären: »Durch Zufall war ich im Norden Zeuge von Zufallsfunden; solche Krieger, die vermutlich ein Nachfolger des Gelben Kaisers zu seiner Jenseitswache hat formen lassen. Drei dieser Wächter konnte ich erwerben und nun beschützen sie mich.«

»Wie kann das gehen?«, fragte Meister Li erstaunt, denn tönernen Gebilden wohnte gemeinhin kein Leben inne.

»Nun, ich hatte da eine geradezu geniale Idee!«, behauptete Ma Lo-lo und seine Augen leuchteten vor Stolz.

»Ihr denkt daran, dass ich ein Chung-k'ui bin, also ein Dämonenfänger? Ich kann, was andere nicht können. Ich banne diese Geschöpfe der anderen Seite und setze sie fest. Sie erstarren quasi zu Stein, wenn ich sie mit meinem Bann belege, und können so kein Unheil mehr anrichten.«

»Davon habe ich gehört«, beteuerte Li t'ai-p'o und beobachtete währenddessen den tönernen Krieger, der sein winziges Schwert wieder im Gürtel trug. »Aber was ist mit dieser Puppe da?«

»Das ist keine Puppe, das ist ein Krieger!«, korrigierte der Adept. »Das seht Ihr doch. Und er lebt dank meiner magischen Künste!«

»Wie das?«

Meister Li erkannte den Stolz in den Augen des Adepten: »Ihr kennt sicherlich die Berggeister im nahen Blaugrün-Gebirge ... Nun, ich konnte drei jungen Dämonen der dortigen Geisterfamilie einfangen, habe sie sozusagen ihrer Mutter vor der Nase weggeschnappt.«

Der Schreck über das, was er gerade gehört hatte, fuhr dem Meister in alle Knochen.

»Seid Ihr verrückt geworden?«, fragte er und wunderte sich nicht darüber, dass seine Stimme zitterte. »Wer legt sich mit den Berggeistern an, sie gehören zu den gefährlichsten Bewohnern der Anderwelt?«

»Na, ich natürlich!«, prahlte der Taoist und schien sich seiner Sache sicher zu sein. »Mein Zauber zerbricht ihre Kräfte wie der starke Arm eines Mannes einen dürren Ast.«

»Und weiter?«, fragte Li T'ai-p'o, denn das konnte noch nicht alles sein.

»Ich habe diesen drei jungen Geistern versprochen, ihnen einige meiner Tricks zu verraten, wenn sie mir vier Jahre lang dienen. Und sie haben eingewilligt, in die Tonkrieger zu schlüpfen und so meine Leibgarde zu bilden.«

Vier Jahre ...?

Meister Li wusste nun, dass das nicht gut gehen konnte; der Magier freilich hätte das auch wissen müssen. Denn das Schriftzeichen für die Zahl »Vier« sprach sich im Dialekt, der rund um den See gesprochen wurde, genauso aus wie »Tod«. Am besten war es, sich ab sofort von diesem Irren fernzuhalten.

Meister Li sah Ma Lo-lo nie wieder. Nach einigen Wochen erfuhr er, dass der Dämonenfänger spurlos verschwunden war, niemand wusste, wohin. Seine Höhle war verwaist; vor ihr standen die tönernen Krieger, reglos, und hielten Wache.

Als Meister Li auf einer seiner Wanderungen an der früheren Behausung Ma Lo-los vorbeikam, bemerkte er, dass etwas nicht stimmte. Denn es standen *vier* Krieger am Höhleneingang. Und als Meister Li genauer hinsah, glaubte er, bei der rechts außen stehenden Figur ein ihm vage bekanntes Gesicht zu erkennen. Doch um das genau beurteilen zu können, hätte er sich weiter nähern müssen.

Er verzichtete darauf, denn er hatte keineswegs die Absicht, in irgendeiner Weise den Berggeistern zu nahe zu kommen.

DER ZAUBER
DER ORANGENBLUETEN

Meister Lis Schülerschar setzte sich vornehmlich aus Männern zusammen, junge und ältere, da gab es keine Regel; immer aber waren sie wissbegierig oder suchten Rat in einer für sie komplizierten Situation. Doch ab und an gab es die Überraschung, dass sich ein weibliches Wesen dazugesellte, was unweigerlich die Neugier der versammelten Männerschar hervorrief.

So auch, als Hao-mei, Familienname Wang, wie aus dem Nichts plötzlich vor Li T'ai-p'o stand. Sie war von zierlicher Gestalt und allerhöchstens siebzehn Lenze alt. Ihr anmutiges Gesicht wurde von zarten Haarsträhnen umrahmt, die sich leise schaukelnd bewegten, wenn sie auch nur einen kleinen Schritt machte.

Meister Li bemerkte sofort, dass das Mädchen inmitten der zahlreichen Männer zögerte, sich zu äußern. Daher verkündete er eine Unterbrechung seiner Lehrstunde und bat die Besucherin in seine Hütte.

»Meister, ich weiß nicht mehr weiter«, begann Hao-mei. Li T'ai-p'o erkannte, dass sie verzweifelt war. Die junge Schönheit brach in Tränen aus. Geduldig wartete der Meister, bis er endlich erfuhr, worum es ging.

Hao-mei, die Tochter eines Großgrundbesitzers, der über zahlreiche Orangenhaine verfügte, hatte sich in einen jungen Wanderarbeiter verliebt, der ihr offensichtlich ebenso zugetan war, es aber nicht wagte, sich ihr zu offenbaren. Zu groß waren Angst und Respekt vor dem allmächtigen Dienstherrn.

»Wenn er mir sagt, dass er mich liebt«, betonte Hao-mei, »dann ist mir gleichgültig, was mein Vater dazu sagt. Notfalls werde ich mit ihm fliehen oder den gemeinsamen Tod suchen. Denn, oh Meister, so sehr liebe ich ihn!«

Li T'ai-p'o verstand, da war guter Rat gefragt.

»Ich werde nachsehen, meine Bücher werden mir weiterhelfen«, versprach er und bat Hao-mei um ein wenig Geduld.

Im »Buch der Geister und Gespenster« (Shen-kui Shu) des klassischen taoistischen Adepten Mao mao-mo wurde er fündig. Rasch bereitete er einen Tee aus Zimtblüten, den er sich und seiner Besucherin kredenzte.

»Trink davon«, sagte er. »Dann kannst du mir besser zuhören. Das wird dir den Erfolg bescheren, den du suchst. So höre: Die Orangenbäume deines Vaters bieten die Lösung deines Problems, denn jeder Orangenbaum dient einer kleinen Fee zur Behausung. Wenn du das nächste Mal diesen jungen Mann triffst, dann achte darauf, dass es in einem jener Haine geschieht. Und dann solltest du ihn darauf aufmerksam machen, dass du Orangenblüten besonders liebst und ihn daher bittest, dir einen kleinen Zweig zu pflücken. Der Duft der Orangenblüten hat eine die gegenseitige Anziehung und gleichzeitig damit auch den persönlichen Mut fördernde Komponente. Ich denke, er wird es wagen, dir seine Liebe zu gestehen.«

»Ich danke dir für diesen Ratschlag, hoher Meister«, sagte das Mädchen. »Doch es gibt ein Problem. Es ist Winterszeit und unsere Orangen blühen in dieser Jahreszeit nicht. Muss ich also bis zum Frühjahr warten?«

»Es wird genügen, wenn die Fee deinen Wunsch vernimmt. Dann musst du nur aufmerksam sein.«

Mit Zweifel in den Augen entfernte sich Hao-mei, nicht ohne sich noch einmal bedankt zu haben.

Einige Tage später erhielt Li T'ai-p'o erneut Besuch. Der junge Mann stellte sich als Chu En-pai vor und hielt Hao-meis Hand fest umklammert.

»Wir wollten uns bedanken, Meister«, sagte En-pai und Hao mei nickte bestätigend, ein Strahlen auf dem Gesicht.

»Wahrhaft ein Wunder ist geschehen! Mitten im Winter hat ein Baum, der ausschließlich Bitterorangen trägt, Blüten getragen. Davon ging ein solcher Duft, ein Zauber aus, ich musste Hao-mei sagen, wie sehr ich sie liebe. Endlich, denn ich habe das bislang nicht gewagt. Doch dieser bezaubernde Duft ...«

»Meister Li, ich bin sehr dankbar!«, sagte Hao-mei und lachte ihn befreit an: »Man stelle sich vor: Mein Vater hat ja zu En-pai gesagt. Jemand, der im Winter die Orangen zum Blühen bringt, verdient auch meine Tochter – das waren seine Worte.«

DAS PRINZIP ORDNUNG

Meister Li, weit im Lande bekannt wegen seiner unvergleichlichen Gedichte und seiner philosophischen Weisheiten, war ebenso bekannt, wenn nicht sogar berüchtigt wegen seiner pedantischen Ordnung, die in seiner bescheidenen Hütte herrschte. Daher überraschte es seine Schüler, als er eines Tages den früh verstorbenen Mao Mao-lo pries, denn dieser war verschrien gewesen wegen der chaotischen Zustände, von denen er zeitlebens umgeben gewesen war.

»Niemand sollte einen anderen Menschen wegen solcher Äußerlichkeiten verurteilen«, dozierte Li T'ai-p'o vor seinen versammelten Schülern. »Mao-lo besaß allen Anlagen, ein bedeutender Philosoph zu werden – und ein weitaus größerer als meine unwerte Person.«

Den darob aufwallenden Protest stoppte Meister Li mit einer kurzen Handbewegung: »Das könnt ihr nicht beurteilen. Hört: Mao Mao-lo arbeitete an einem allumfassenden Weltensystem, das uns Menschen alles erklären sollte – und es wohl auch erklärt hätte –, was uns rätselhaft war und ist. Wenn er es fertig hätte entwickeln können. Denn dieses System gestaltete sich derart komplex, es gab so viele zu beachtende Tatsachen und Schlussfolgerungen, dass kein menschliches Gehirn diese behalten konnte. Dennoch: Mao-lo fand eine Möglichkeit.«

Meister Li machte eine Pause und nahm einen kräftigen Schluck von dem über alles geliebten Wein aus den Südwestbergen.

»Und ich muss sagen«, fuhr er fort und wirkte sehr nachdenklich, »ohne seine besonderen Fähigkeiten hätte er nicht erreicht, was er anstrebte: die Voraussetzungen zu schaffen für ein allumfassendes Denkmodell. Denn um das letztlich auszubilden, erforderte es die von mir bereits angesprochene Speicherung tausendfacher, ja zehntausendfacher Details, die zusammengeführt werden mussten. Die aber erst zusammengeführt werden konnten, wen sie komplett gespeichert – also verfügbar waren.«

Unter Meister Lis Schülern begann sich Unruhe auszubreiten. Warum redete er so lange und kam nicht zum eigentlichen Punkt? Normalerweise fasste er sich kurz, jetzt dagegen holte er aus.

Li T'ai-p'o hatte diese Unruhe sehr wohl bemerkt: »Ich weiß, ihr wartet auf eine Erklärung, nun, hier ist sie: Mao Mao-lo war wohl unter allen Menschen unserer Zeit, möglicherweise auch der Vergangenheit, vielleicht auch der Zukunft, der einzige Mensch, der Gedanken – Ideen der verschiedensten Art – in materielle Dinge umsetzen konnte. Wie soll ich das beschreiben?«

Meister Li sah in die Runde. Allüberall erkannte er weit aufgerissene Augen, Ungläubigkeit prägte diese Blicke.

»Meister, aber das ist unmöglich!« Pao K'eng-lu, einer seiner begabtesten Schüler, wagte diesen Einwand.

»Nun, ihr mögt das glauben oder auch nicht: Sinnierte Mao-lo darüber, warum eine Blüte bereits nach einem Tag welkte und nicht länger durchhielt als die Blume neben ihr, dann dachte er sich das Ergebnis seines Grübelns als Blütenblatt, das nie welkte, und flugs entstand dieses Blütenblatt neben ihm. Sorgfältig hob er es auf und deponierte es in der linken hinteren Ecke seiner Behausung. Versteht ihr das?«

Meister sah an den ratlosen Gesichtern seiner Schüler, dass sie ihm in seinen Erklärungen nicht folgen konnten. Allein K'eng-lu schien dem Gedanken etwas abgewinnen zu können, denn er äußerte sich wieder: »Wenn er demnach über das Sonnenlicht und wohin es des Abends verschwindet sinnierte, dachte er an einen Bergkristall, in dem sich das Licht bricht, und der Kristall ...«

»... und der Kristall formte sich neben ihm, sodass er ihn in der betreffenden Ecke ablegen konnte. Du hast es verstanden, K'eng-lu.«

»Aber warum haben wir nie von Mao Mao-los umfassender Theorie gehört?«

»Nun, im Laufe der Jahre hatte sich ein riesiger Haufen Objekte verschiedenster Art in der linken hinteren Ecke gebildet. Und eines Tages, als Mao-lo von einer mehrtägigen Reise zurückkehrte, war der ganze Haufen verschwunden. Alle derart manifestierten Ideen waren weg.«

Die versammelte Schülerschaft stieß einen Seufzer der Enttäuschung aus.

»Ja«, sagte Meister Li, »das ist gewiss bedauerlich. Aber was meint ihr, weswe4gen ich keine Frau in meine Hütte lasse? Mao-los Schwester war das ›Gerümpel‹, wie sie es nannte, schon lange ein Dorn im Auge. Die Gelegenheit erschien ihr günstig, Ordnung zu schaffen.«

Li T'ai-p'o atmete tief durch. Er hatte Mao-lo nicht nur als Denker, sondern auch als Freund sehr geschätzt.

»Als er sah, dass alles vernichtet war, was sein Leben ausgemacht hatte – nun, er ist früh gestorben: an gebrochenem Herzen.«

TADEL

Meister Li war im Allgemeinen ein äußerst geduldiger Lehrer und als solcher sehr beliebt. Allerdings konnte er auch geradezu harsch reagieren, wenn er den Eindruck hatte, einer seiner Schüler versuche erst gar nicht, die Weisheit des Lehrenden zu verstehen oder gar nachzuvollziehen. Solches geschah einem jungen Mann aus einer Kaufmannsfamilie in Nanking, der sich aufgrund der soliden Finanzen in seinem Elternhaus einen Aufenthalt am T'ung-t'ing-See gönnte. Was er vergaß: Dass ein Verbleib in der Schülerschar von Meister Li rege Mitarbeit erforderte, woran er es freilich mangeln ließ. So geschah es, das Li T'ai-p'o ihn mehrmals zurechtwies, wenn er offensichtliche Langeweile zeigte oder während einer Belehrung ein Gespräch mit seinem Nachbarn zur Rechten oder zur Linken beginnen wollte.

Bao-wu war der persönliche Name dieses jungen Mannes; sein Familienname tut nichts zur Sache, denn er soll durch das Verhalten dieses Sprösslings nicht in den Schmutz gezogen werden. Bao-wu fiel nicht nur bei Meister Li, sondern auch bei den Mitschülern durch sein Verhalten unangenehm auf, was sie diesen auch spüren ließen.

Er beschloss, sich beim Meister beliebt zu machen. Dies freilich auf eine Art, die Li ganz und gar nicht gefiel. Denn bei jeder passenden und unpassenden Gelegenheit lobte Bao-wu nun die Weisheit des Philosophen und Dichters, schrieb seinen Erkenntnissen Ewigkeitswert zu und verstieg sich zu der Behauptung, Meister Li werde nach seinem Tode mit Gewissheit in den Himmel der Seligen aufgenommen werden.

Als Li T'ai-p'o von dieser in seinen Augen völlig abwegigen Prophezeiung erfuhr, war es mit seiner Geduld zu Ende. Er ließ Bao-wu zu sich in die Hütte kommen und sperrte damit die anderen Schüler aus. Der Herbeizitierte kam in der Erwartung, nun als Lieblingsschüler bezeichnet zu werden, traf aber auf einen sehr ernsten Meister Li.

»Ich bin ein bescheidener Mensch«, begann der Meister und deutete um sich, wie um zu beweisen, dass er keine besonderen Ansprüche dem Leben gegenüber hegte. »Aber was ich weiß, ist die Tatsache, dass ich den Menschen einiges mitzuteilen habe, was ihnen helfen mag, ihr eigenes Leben zu bewältigen und vielleicht sogar ein wenig glücklich zu werden. Da ich mir dessen sicher bin, brauche ich keine Lobhudelei von irgendeiner Seite, schon gar nicht, wenn die Übertreibungen das Ganze ins Lächerliche ziehen.«

Meister Li hielt kurz inne. Bao-wu saß zusammengesunken da, verstand rein gar nichts und wartete auf das Lob, das er sich erhofft hatte.

»Wenn du mich im Gespräch zurechtgewiesen hättest, weil du anderer Meinung bist als ich, dann hätte ich das akzeptiert. Nicht aber dein Verhalten, dass du an den Tag legst. Denn merke:

Wer mir schmeichelt, der ist mein Feind. Wer mich tadelt, der ist mein Freund, denn er veranlasst mich, weiter zu denken. Und damit wird er sozusagen zu meinem Lehrer.«

Bao-wu saß immer noch still da. Was nun kam, damit hatte er ganz und gar nicht gerechnet.

»Ich bitte dich, meine Schülerschar zu verlassen.«

Mit diesen Worten erhob sich Meister Li und deutete zur Tür.

Am nächsten Tag war Bao-wu verschwunden.

WENN GEISTER ZÜRNEN

Als eines Tages Wang Hsien mit freundlichem Lächeln wieder vor ihm stand, wusste Li T'ai-p'o, dass seine Ratschläge gefruchtet hatten. Immer öfter erschienen Nachbarn und Anwohner des T'ung-t'ing-Sees bei ihm und fragten ihn um Rat. Im Allgemeinen konnte Meister Li Lebenshilfe geben, zumal, wenn es sich um Dinge des täglichen Miteinanders innerhalb oder außerhalb der Familie drehte. Anders war es bei Problemen, bei denen Unwägbarkeiten wie Dämonen oder Geistererscheinungen eine Rolle spielten. Da war sich Li manchmal nicht sicher, ob seine Ratschläge wirklich Abhilfe schafften.

Und das genau war beim ersten Besuch Wang Hsiens der Fall gewesen. Obwohl die Fischer am See, die zusammen mit Frau und Kindern von ihren Fängen aus dem T'ung-t'ing-See lebten, verächtlich auf die halbnomadischen Hirten herabsahen, die im nördlichen »Schwarze Steine«-Gebirge ihre Herden von Ziegen und Hängebauchschweinen weiden ließen, hatte sich der Fischersohn Hsien in den Augen seiner Eltern um sein Glück gebracht, doch das scherte ihn nicht. Und er schien damit zufrieden zu sein. Zumindest bis zu jenem Tag, als er zum ersten Mal Meister Li aufgesucht hatte.

Damals, das war jetzt etwa vier Monde her, war der junge Schweinehirt unvermittelt am See aufgetaucht. Li T'ai-p'o sah ihm sofort an, dass ihm etwas Schreckliches widerfahren sein musste.

»Komm zu mir«, sagte er und wies auf seine Hütte. »Und erzähl mir, was dich bedrückt.«

Hsien ließ sich nicht lange bitten und begann sofort zu sprechen:

»Ich habe mir eine Laubhütte auf halber Höhe des Berges gebaut und lebe mit meinen Tieren zusammen. Friedlich und ohne besondere Vorkommnisse. Meine Hängebauchschweine scheinen zu spüren, dass ich sie mag, und die Leute sind zufrieden, wenn sie mir das Fleisch abkaufen. Nun aber ...«

Ihm versagte die Stimme.

»Sprich weiter«, ermunterte ihn Meister Li, »was ist geschehen?«

»Nun, im Laufe mehrerer Wochen sind mir drei Ferkel abhandengekommen. Und als ich das vierte kleine Schwein vermisste und dem nachging, da habe ich etwas Entsetzliches gesehen. Oberhalb meiner Hütte gibt es einen herausragenden Felsen, den ein Eichenwald umgibt. Die Früchte dieser Bäume werden von meinen Tieren sehr gerne gefressen und auch Ferkel versuchen sie, sobald sie der Mutter entwöhnt sind.«

Hsien schwieg einen Augenblick, holte tief Luft: »Es ist wahrhaftig unglaublich, was ich gesehen habe, Meister ...«

Meister Li sah seinen Besucher nur ruhig an. Er wusste, seine Neugier würde gestillt werden.

»Ich fand das Ferkel im Schatten eines Baumes, direkt unterhalb des Felsens. Ich war noch wenige Schritte entfernt, da öffnete sich der Felsen, als besäße er ein riesiges Maul. Etwas wie eine gigantische Zunge schnellte heraus und packte das Ferkel. Und mit einem einzigen ›Happs‹ war es verschwunden; der Felsen aber sah wieder aus wie immer.«

Während der letzten Worte hatte Hsien angefangen zu zittern, so sehr nahm ihn das schreckliche, das unerklärliche Erlebnis mit.

»Ich gebe dir einen Becher Tee«, bot Li an und während Hsien das Getränk schlürfte, suchte der Meister nach einer Erklärung.

»Ich weiß, dass sich die Fischer am See, und du stammst ja aus einer solchen, lustig machen über die Hirten im ›Schwarze Steine‹-Gebirge. Für sie sind das Dummköpfe, die noch an Berggeister glauben ...«

»Ja, Meister«, unterbrach Hsien. »Die gibt es ja auch nicht.«

»Nun«, meinte Li T'ai-p'o und schenkte ein wenig Tee nach. »Vielleicht solltest du dennoch daran glauben. Ich denke, dass du niemals Opfergaben an die Berggeister dargebracht hast; das könnte eine Erklärung sein.«

»Aber, wenn es sie doch gar nicht gibt ...«

»Trotzdem«, beharrte Li. »Wenn du Geistern etwas verweigerst, was sie erwarten, dann holen sie sich das. Du musst ja nicht gerade ein Ferkel opfern. Aber wenigstens solltest du deinen guten Willen zeigen.«

»Was also soll ich tun, Meister? Ich will nicht noch ein Ferkel verlieren müssen. Euer Rat ist mir sehr wichtig.«

Meister Li überlegte noch einige Zeit, bis Hsien allmählich unruhig wurde, befürchtete er doch, er müsse ohne Zuraten wieder ins

Gebirge zurück. Doch dann erhielt er einen Vorschlag gemacht, den er zunächst ungläubig anhörte. Doch da dies alles war, was ihm der Meister auf den Weg gab, kehrte er zu seinen Tieren zurück.

Nun also stand Hsien mit strahlendem Lächeln vor Li T'ai-p'o.

»Es war ein Erfolg, Meister«, rief er schon von Weitem. »Ich habe genau getan, was Ihr mir geraten habt. Und die Berggeister haben mein Opfer angenommen.«

»Wir wollen das nicht zu laut hinausposaunen«, sagte Li und wies zur Hütte. »Gehen wir hinein!«

»Wie Ihr gesagt habt, bin ich in die Kreisstadt gegangen und musste dafür meine Tiere zwei Tage alleine lassen. Doch ich habe gekauft, was Ihr mir geraten habt. Und dann habe ich neben dem Felsen, etwa auf halber Höhe neben dem Felsen, einen kleinen Altar aufgebaut. Und das Geld darauf verbrannt.«

»Und seitdem ...«

»... habe ich, und damit auch meine Ferkel, offenbar nichts mehr zu befürchten. Und das nur, weil Ihr mir geraten habt, Spielgeld zu besorgen und zu verbrennen, wie wir es bei unserer Ahnenzeremonie verwenden.«

Meister Li lächelte ein wenig:

»Auch Geister können getäuscht werden, man muss nur wissen, wie. Wichtig ist allein, dass sie sich respektiert fühlen.«

DER FREMDE
AUS DEM NORDEN

An einem heißen Sommertag war er da, der Fremde aus dem Norden. Meister Li hatte soeben seine mittägliche Mediationsstunde im Schatten des Maulbeerbaumes beendet, als die unscheinbare Gestalt vor ihm auftauchte und bescheiden nach einem Becher Wasser fragte, den ihm der Meister sofort bereitwillig aus der Hütte holte.

»Ich heiße Gnurok«, sagte der Unbekannte, nachdem er einen Schluck getrunken hatte. »Ich komme von einem Volk, das weit nördlich der Nordgebiete Eures beeindruckenden Landes lebt.« Er nahm noch einen Schluck, denn er schien sehr durstig zu sein, dann fuhr er fort:

»Gemessen an der Weisheit Eurer Gelehrten und Wissenschaftler, sind wir lediglich eine Schar von bescheidenen Hirten. Ich gestehe, dass die Aussicht, dass gerade Euer spezielles Wissen, Meister Li, mir bei meinem Problem helfen kann, mich hierher geführt hat. Denn bislang waren alle Versuche vergeblich. Dabei habe ich es bei nicht wenigen Schamanen und Schafgarbendeutern versucht, ohne Erfolg. Und auch die Eismagier der Völker nördlicher unserer Stammesgebiete konnten mir nicht helfen.«

Der Fremde mit dem für einen Chinesen unmöglich korrekt auszusprechenden Namen genehmigte sich noch einen Schluck des gespendeten Wassers, ehe er weitersprach:

»Meister, seht mich an! Sieht so ein Mann aus dem Norden aus, ein Angehöriger stolzer Jäger und mutiger Kämpfer, die sich auch den furcherregendsten Braunbären stellen? Sagt, Meister Li, was seht Ihr?«

Li T'ai-p'o liebte es, die Wahrheit zu sagen, auch wenn sie wenig genehm war: Dennoch zögerte er mit der Entgegnung, da er sehr wohl ahnte, worum es ging. Er selbst war nicht gerade groß gewachsen, aber dieser Ankömmling aus dem Norden war noch etwa einen Kopf kleiner als er. Daher zögerte er seine Antwort hinaus, indem er anmerkte:

»Dein Name ist für uns sehr schwer auszusprechen ... Würdest du ihn bitte wiederholen?«

»Gnurok«, entgegnete der Fremde und sah Meister Li fragend an, als wollte er wissen, was das bedeutete.

Li T'ai-p'o schmunzelte innerlich, ließ sich aber nichts anmerken in dem Wissen, das persönliche Namen ihren besonderen Wert besitzen. Für jedermann und all überall.

»Wenn ich dir mit meinem bescheidenen Wissen helfen kann, will ich es gerne versuchen. Allerdings bitte ich dich, mir zu erlauben, deinen Namen sozusagen in unsere Sprache umzuformen ...«

Der Fremde sah den Meister freudig überrascht an: »Ihr fragt gar nicht, worum es geht ... Wenn Ihr mir helfen wollt, nun denn, ich erlaube Euch alles, was Ihr wollt!«

»Dann werde ich dich ›Gnulk‹ nennen, denn das kann ich gut aussprechen.«

Li T'ai-p'o sah Gnurok fragend an. Und als dieser sofort zustimmend nickte: »Dann will ich deine Frage beantworten. Ehrlich beantworten. Ich habe gehört, dass die Menschen im hohen Nordens eher groß gewachsen und kräftig sind. Das kann man von deiner Person, wenn ich ehrlich sein soll, nicht gerade behaupten. Ich denke also, dass ...«

»Ihr habt es erfasst, Meister Li!«, unterbrach ihn Gnurok und merkte gar nicht, wie unhöflich das war. Doch Meister Li sah ihm das nach. Diese Menschen aus dem Norden besaßen eben viel weniger Bildung und sowieso keinerlei Umgangsformen, davon hatte er sich erzählen lassen, als er einmal in Nanking, der südlichen Hauptstadt, mit einem weit gereisten Kaufmann ins Gespräch gekommen war.

»Schon seit Kindertagen sehne ich mich danach, so auszusehen wie die männlichen Erwachsenen meines Volkes. Meine Mutter gab mir den Namen Gnurok, das bedeutet ‚der Suchende', und auf der Suche nach der Lösung meines Problems bin ich seit Langem. Nun scheine ich bei Euch endlich den Allwissenden gefunden zu haben, der mir helfen kann. Wie also kann ich eine so große und kräftige Gestalt erhalten, wie dies bei den Männern meines Volkes üblich ist?«

Meister Li war sich bewusst, dass es sich hier um ein heikles Problem handelte. So etwas war, er hatte von solchen Versuchen gehört, durchaus möglich, doch nur unter Einhaltung von gewissen Vorsichtsmaßregeln.

»Von einem befreundeten Eremiten, genauer: einem taoistischen Alchimisten, habe ich einst eine solche Möglichkeit angedeutet bekommen, wie du das ersehnst. Allerdings ...«

»Ich werde alles tun, großer Meister Li, wirklich alles, damit ich endlich eine normale Statur bekomme.«

Gnulk war auf die Knie gesunken und schien offenbar einen Kotau vor Li T'ai-p'o machen zu wollen. Doch noch, ehe er mit dem Kopf zum ersten Mal auf dem Erdboden aufschlagen konnte, hatte der ihn unter den Achseln gepackt und hochgezerrt.

»Lass das, sonst werde ich dir nicht sagen, was ich weiß«, drohte er. »Ich mag das nicht, wenn jemand vor mir seine Knie beugt. Ich bin ein einfacher Mann ...«

»Großartig seid Ihr!«, rief Gnulk und befreite sich aus den Händen des Dichters. »Bitte verratet mir jetzt ...«

»Nun gut! Wenn du der gefleckten Erdkröte, die unter jedem Holunderstrauch zu Hause ist, ein großzügiges Opfer in Form von Fleisch, Eiern und Früchten darbringst und sie so versöhnlich stimmst, dann kannst du einen – deinen – Wunsch vorbringen. Falls du sie in gute Laune versetzt hast, wird sie darauf eingehen. Aber beachte ...«

»Ist gut, das mache ich!«

Meister Li konnte nur noch den Rücken des kleinen Fremden aus dem Norden bewundern, so schnell war dieser abgedreht Richtung Stadt, um bei den dortigen Kaufleuten das Nötige zu besorgen. Meister Lis abschließende Worte: »... dass vielleicht nicht alles in deinem Sinne verlaufen wird.«

In den nächsten zwei Tagen war Gnulk verschwunden, am Morgen darauf stand er in angemessener Entfernung neben Meister Lis Hütte: Eineinhalb Köpfe größer als Li T'ai-p'o und mit prächtigen Muskeln, die eindeutig zu erkennen waren. Ein prächtiger Anblick aus Stein.

Wenn fürderhin Besucher beim Anblick der Statue den Meister fragend anschauten, dann sagte dieser nur: »Er wollte es so.«

扑天鵰
李应

130

DIE ANDERE WELT

»Meister, ich habe eine Frage!«

Abrupt wurde Li T'ai-p'o aus seiner morgendlichen Meditation am Ufer des T'ung-t'ing-Sees gerissen.

»Was ist?« Er war verärgert, denn diese Stunde allein mit der Natur war ihm heilig. Normalerweise reagierte Li T'ai-p'o nicht so heftig auf eine Frage seiner Schüler; doch jeder unter ihnen wusste, wie wichtig ihm gerade diese kurze Zeit der Besinnung war. Nun hatte Kuang Ling-ling dagegen verstoßen; er verdiente eigentlich nicht, dass ihn der Meister so barsch anfuhr, denn er war zwar erst seit Kurzem hier am See, dennoch gehörte er bereits zu den gelehrigsten und wissbegierigsten.

T'ai-p'o bereute bereits seine harte Replik, daher deutete er neben sich: »Setz dich und sage mir, was du auf dem Herzen hast!«

Kuang Ling-ling stammte aus einer alten Beamtenfamilie, die in der südlichen Hauptstadt einen guten Namen und viel Einfluss besaß. Die Mitglieder dieses Clans waren absolut kaisertreu; jeder zweite männliche Spross machte innerhalb des Militärs Karriere, der Rest mehrte als Kaufleute die Besitztümer der Familie.

Nur Ling-ling war aus der Art geschlagen, wie sein Vater mit Bedauern feststellen musste, als sein Erstgeborener sich an den T'ung-t'ing-See verabschiedete, um sich einem seltsamen Eigenbrötler anzuschließen, über den man die absonderlichsten Dinge hörte. Der Sohn freilich fand Meister Li durchaus nicht seltsam oder sonderbar. Er hatte sich innerhalb kürzester Zeit eingelebt und war sehr zufrieden, dass Li auf alle Fragen intensiv einging, die ihm seine Schüler stellten.

Nachdem er seinen Lehrer derart aus seiner Gedankenwelt gerissen hatte, wagte der junge Mann nicht, die Frage zu stellen, die ihn gerade besonders bewegte. Meister Li spürte die Befangenheit und verstand, dass er die Initiative ergreifen musste.

»Nun, sag schon, was du für ein Anliegen hast!«

Trotz des Entgegenkommens seines Mentors zögerte Ling-ling, wagte aber schließlich dennoch, das Problem vorzutragen, mit dem er sich seit Tagen beschäftigte:

及时雨
宋江

132

»Im ›Klassiker der geheimnisvollen Orte‹, das Ihr, Meister, uns zur Lektüre empfohlen habt, sind seltsame Örtlichkeiten erwähnt, die sich nicht auf dieser Welt befinden sollen, sondern im Jenseits, außerhalb unserer Wahrnehmung. Was hat es damit auf sich?«

Li T'ai-p'o kannte den Klassiker, den einstmals ein taoistischer Klosterabt verfasst hatte, sehr gut. Dass er dessen Lektüre empfohlen hatte, war in der Absicht erfolgt, seine Anhänger ein wenig von der Nabelschau zu lösen, in die so mancher zu fallen drohte. Dass dies aber nunmehr Ling-ling so sehr beschäftigte, machte ihn nachdenklich.

»Was genau willst du?«, fragte der Meister, dem es von Anfang an darum gegangen war, seinen Schülern zu helfen – bei allen Problemen, gleichgültig, worum es sich handelte.

»Ich möchte eine solche Welt einmal sehen«, sagte Ling-ling und Meister Li sah ihm an, dass er es ernst meinte. »Ich kann mir nicht vorstellen, dass es so etwas gibt. Falls aber doch, dann will ich das mit eigenen Augen anschauen!«

Meister Li überlegte, was er antworten sollte. Interesse an Unbekanntem und Neugier auf Neues waren Eigenschaften, die er dennoch zu schätzen wusste. Andererseits wollte er seine Schüler auch vor enttäuschenden Negativerfahrungen schützen.

»Sicherlich hast du in diesem Klassiker gelesen ...«

Ling-ling nickte.

»... dann weißt du auch, dass es eine Möglichkeit gibt. Doch sie ist nicht jedem zugänglich.«

»Ich weiß, Meister, diese Götterpilze sollen helfen, eine Reise des Geistes zu unternehmen und diese Welten zu sehen.«

»Ich werde dir helfen«, versprach Li T'ai-p'o. »Mein Freund Su, der taoistische Eremit am Grünrot-Berg, hat mir verraten, wo es solche Pilze gibt. Beziehungsweise, wo diese Pilze in kleinen Mengen zu finden sind.«

»Oh, bitte, Meister! Wollt Ihr mir das nicht verraten ...«

Meister Li zögerte nur kurz, dann sagte er:

»Du findest den violetten Rettichhelmling am Fuße des nördlichen Felsplateaus jenseits des Sees. Und dann musst du Folgendes beachten.«

Er sah sich um; kein anderer seiner Schüler sollte das hören. »Und halte dich genau an die Anweisungen. Der Pilz selbst entscheidet, was du siehst und wohin dich diese Reise führt. Nun hör genau zu!«

Kuang Ling-ling war für einige Tage verschwunden, doch während die anderen Schüler sich wunderten oder gar sorgten, spielte auf Meister Lis Gesicht nur ein kleines Lächeln, wenn die Rede auf den Abwesenden kam. Bis Ling-ling wieder in ihrer Runde auftauchte, als sei nichts gewesen.

Meister Li freilich fiel auf, dass der junge Mann nachdenklicher wirkte als vor seinem Verschwinden. Er konnte sich natürlich auch irren, sagte er sich, bis Ling-ling am Abend vor seiner Hütte stand: »Darf ich eintreten, Meister?«

Das klang fast verzagt, gleichzeitig aber auch entschlossen. Seltsam, dachte Li und bat seinen Schüler herein.

»Ich denke, du kannst mir etwas erzählen.«

Ling-ling saß zunächst schweigend, ehe es in einem Wortschwall aus ihm herausbrach:

»Ich habe mich genau an Eure Anweisungen gehalten, Meister, habe nur einen Pilz bei hellem Mondschein gepflückt und ihn anschließend kleingehackt meiner Reismahlzeit zugefügt. Ich habe das Gericht einen ganzen Tag lang ruhen lassen und es anschließend verzehrt. Was ich dann erlebt habe ...«

Er verstummte und konnte sich offenbar nur mühsam zwingen, weiter zu reden.

»Nie wieder will ich so etwas sehen!«

»Was hast du denn gesehen?«

»Ich sah eine Welt ... Wie kann es das geben? Eine Welt, ganz eingetaucht und geformt in die kaiserlichen Farben, in die Farben unseres T'ien-tse, unseres verehrungswürdigen Himmelssohnes. Eine Welt ganz in Gelb. Ausschließlich in Gelb. Gelb wie Schwefel. Entsetzlich.«

»Gelb ist eine Farbe der Weisheit und des Glücks. Ist es nicht wundervoll, dass es eine solche Welt gibt?«, fragte Li.

Kuang Ling-ling sah ihn skeptisch an.

»Gelb und Gold sind dem Kaiser vorbehalten. Wer als Bürger diese Farbe trägt, vergeht sich gegen göttliche Gebote. Gelb ist auch das Symbol der Macht. Und die ist des Kaisers. Es ist Blasphemie, sich mit Gelb zu schmücken, das haben mir meine geliebten Eltern beigebracht. Und eine ganze Welt in Gelb – das geht gar nicht.«

Er verstummte. Meister Li wartete geduldig.

»Nie wieder«, sagte Ling-ling »will ich solche Welten sehen, die unseren verehrten Himmelssohn derart verhöhnen.«

Meister Li blieb stumm.

WUNSCHKIND

In ihrer Verzweiflung meldete sie sich am nächsten Morgen krank; sie mussten an der Universität eben ohne sie auskommen. Der Krach mit Magnus, ihrem Mann, war diesmal besonders schlimm ausgefallen. Sie hatte sich gegen seine steten Vorwürfe wehren müssen, dass sie – sie allein! – schuld daran sei, dass sich ihr Kinderwunsch nicht erfüllte.

Sie hatte Magnus während des Studiums kennengelernt, das erste Mal in der Mensa. Kurz nach ihrer Promotion hatten sie geheiratet. Ihr Mann war da schon als Bankkaufmann in fester Position, sodass sie sich sehr bald – unterstützt durch eine Erbschaft einer ihr nur wenig bekannten Tante – dieses Haus leisten konnten. Sie selbst arbeitete am Seminar für Sinologie auf einer halben Assistentenstelle, mehr war ihr von der Universität nicht angeboten worden. Sie hatte dennoch eingewilligt, da sie am Themenkreis Altes China hing und die klassische Sprache trotz oder vielleicht sogar wegen der Schwierigkeiten, die über vierzigtausend Schriftzeichen (gezählt im achtzehnten Jahrhundert) allein an Gedächtnisleistung verlangten, liebte.

Sie hatten das Haus »samt Inhalt«, wie es in der Verkaufsvereinbarung hieß, von der Witwe des verstorbenen emeritierten Ordinarius für Sinologie, Schmid-Ko, gekauft, da diese der Betreuung wegen in ein Heim umgezogen war.

Keller und Dachboden hatten entrümpelt werden müssen; sie hatte viel weggeworfen, doch eine alte Seemannskiste hatte die Säuberungsaktion überlebt. Vor wenigen Wochen hatte sie begonnen, den Inhalt systematisch durchzuschauen; eine sehr staubige und Geduld fordernde Angelegenheit, denn das Trumm war bis oben hin vollgestopft.

Um sich von ihrem Kummer abzulenken, stieg sie unters Dach und setze ihre Recherchen fort. Bereits nach wenigen Minuten fesselte ein Name ihre Aufmerksamkeit: Karl Gützlaff* stand auf dem Umschlag. Sie hatte mitbekommen, dass dieser evangelische Chinamissionar des neunzehnten Jahrhunderts, der zu den sogenannten Glaubensmissionaren zählte, ein ferner Verwandter des früheren Hausbesitzers gewesen war. Das erklärte seinen Namen in dieser Kiste. Möglich, dass ihm diese Seemannskiste sogar gehört hatte.

Bedacht öffnete sie den Umschlag und entdeckte darin mehrere Briefe in altdeutscher Schrift, deren Entzifferung ihr einiges abforderte. Adressiert waren sie an seine Schwester, deren Namen er nicht nannte.

»Liebe Schwester«, stand da. »Es wird dich amüsieren. Die Chinesen haben mir den Namen ›Guo-Shi-li‹ gegeben, das soll Gützlaff heißen.«

Während der erste Brief lediglich eine langatmige Schilderung seiner gesundheitlichen Malaisen enthielt und auf die Behandlungsmethoden mit verschiedenen Heilerden einging, fiel ihr im zweiten Brief ein ihr bekannter Name ins Auge: Li T'ai-p'o. Die Schreibweise wich ab von der ihr bekannten Diktion, doch die weitere Lektüre zeigte ihr, dass es sich um denselben weltberühmten Dichter handeln musste, den sie als Li Tai-bo kannte.

Gützlaff schrieb an seine Schwester: »Du quälest dich wegen deiner Kinderlosigkeit, doch sei gewiss, der Herrgott weiß, was und weswegen ER dir das antut. Wir alle sind Prüfungen unterworfen.«

Das schien der Leserin der Gegenwart kein großer Trost, doch die weiteren Zeilen fesselten sie umso mehr:

»Du musst wissen, dass die Leute hier an allerlei mystischen Unfug glauben. So ist mir ein Dokument untergekommen, verfasst von einem Li T'ai-p'o, der einer der gerühmtesten Dichter dieses Landes sein soll, in dem er ein Rezept für gesunde Nachkommenschaft weitergibt. Angeblich ist das Einhorn, das es doch meines Wissens gar nicht gibt, ein Garant für Kindersegen. Dazu muss man dieses Wesen anlocken; man muss vor allem wissen, dass es auf kein lebende Wesen tritt, selbst auf einfachstes Unkraut oder Gras nicht, so als sei dieses mit einer Seele ausgestattet. Das erscheinet uns als Unfug, hierzulande aber sind viele davon überzeugt. Was ich sagen will: Finde dich mit dem dir vorbedachten Schicksal ab und verfalle nicht auf verzweifelte Taten.«

Sie hatte das gelesen, gestutzt und dann sofort verstanden, was sie zu tun hatte. Als ihr Magnus nach Hause kam, fand er seine Frau kniend auf dem Gartenweg, der zur Haustür führte; bis zum letzten Halm hatte sie bereits einen Teil des Weges gesäubert. Seine Frau als Gärtnerin – das kannte er nicht an ihr; Gartenarbeit war eigentlich seine ureigenste Domäne.

Auf seine Fragen gab sie lediglich die Antwort: »Du wirst schon sehen!« Und rupfte weiter.

Aus dem »Generalanzeiger und Tageblatt«:
!Endlich wurde unser Herzenswunsch erfüllt!
Wir freuen uns über die Geburt unseres Sohnes Karl-Magnus
Dr. Gesine und Magnus Bergmann

* Karl Gützlaff ist eine historische Gestalt. Vgl.: Jörg Weigand, Drei unveröffentlichte Briefe Karl Gützlaffs aus Macao. In: Evangelische Missionszeitschrift, N. F., Evangelischer Missionsverlag, Stuttgart, Heft ¾ (1970).

VORSICHT VOR LING-CHIH!

In den bewaldeten Hügeln im weiteren Umfeld des T'ung-T'ing-Sees gab es Menschen, die in den Augen der Einheimischen nicht normal waren. Sie bauten keine Hütten, sondern bevorzugten Höhlen, und sie verstanden sich auf allerlei Heilpraktiken und Zauberformeln, die auf den Nichteingeweihten unheimlich wirkten.

Li T'ai-p'o war sich dessen bewusst, aber da er ein neugieriger Mensch war, war er bereits mehrmals in den Hügeln gewesen, um sich dort umzusehen und mit diesen Menschen zu sprechen. Als er nun von mehreren seiner Schüler auf die Möglichkeiten langen oder gar ewigen Lebens angesprochen wurde, machte er sich zu jener Höhle auf, in der die Wunderheilerin K'a Mo-ni wohnte.

»Du kommst wegen Ling-chih, dem sogenannten Unsterblichkeitskraut«, stellte sie zur Begrüßung fest.

Meister Li stellte fest, dass Mo-ni offensichtlich Gedanken lesen konnte, wie sonst hätte sie ...

Schnell bestätigte er, nur um zu erfahren: »Doch dieses angebliche Kraut ist in Wahrheit ein großer Pilz, von morchelähnlicher Konsistenz, aber mit Hut. Er kann uralt werden. Ich kann dir zeigen, wo er wächst, doch Vorsicht! Es verlangt eine besondere Rezeptur, um ihn genießbar zu machen.«

Sie zählte mehrere Gewürze auf, darunter Viperwurzel, Froschlöffel und Drachenmoos, alle schwierig zu beschaffen. Dann betonte sie: »Wichtig ist, wie dieser Pilz geschnitten wird. Sein Hut reicht fast bis zum Boden und umhüllt den Stamm, der – und nur der – essbar ist. Auch das kleinste Teilchen, das sich vom Hut mit dem zerschnittenen Stamm mischt, zeitigt böse Folgen. Ich werde dir etwas aufschreiben, aber du darfst dieses Schriftstück nur im Notfall lesen.«

Meister Li war verwirrt. »Und weswegen ...«

»Warte«, wurde er unterbrochen. »Ich bin noch nicht fertig. Das Schneiden des Stamms erfordert großes Geschick. Er muss in absolut gleichmäßig geformte und gleich große Stücke zerteilt werden, ehe das Ganze in den Kräutern gekocht werden kann. Und noch etwas: Keinesfalls darf der Ling-chih roh gegessen werden; zu finden ist er im Blaugrünen Gebirge. Sag das denen, die es wissen wollen.«

Li T'ai-p'o wartete dass K'a Mo-ni weiterredete, doch sie überreichte ihm wortlos ein kleines Stück Seide, das sie rasch mit nur wenigen Schriftzeichen beschrieben hatte. Mit einer kurzen Handbewegung bedeutete sie ihm den Abschied.

Sung Wu-da, Sohn aus reichem Elternhaus und versessen darauf, den Tod zu besiegen, fing Meister Li auf seinem Rückweg ab. Da so viel Interesse belohnt werden musste, weihte ihn Li ein, woraufhin jener sich sofort aufmachte in Richtung Südwesten, wo das blaugrüne Gebirge lag. Der Meister beschloss daraufhin, zunächst niemandem sonst etwas zu erzählen.

Als Sung Wu-da nach zwei Tagen, mit einem schweren Sack auf dem Rücken, an den T'ung-t'ing-See zurückkam, verschwand er sofort in seiner Hütte, die abseits des Sees am Rande einer Brachfläche stand. Und fast sofort erklangen typische Kochgeräusche.

Li T'ai-po wurde am nächsten Morgen von einem seiner Schüler aus dem Schlaf gerissen. Neben Sungs Hütte stand ein über einen Meter hoher Pilz mit heruntergezogenem Hut. Sung war verschwunden.

Meister Li sah, wie versprochen, erst jetzt auf das Stück Seide mit den wenigen Schriftzeichen und las: »Nun weißt du, warum man mit Ling-chih vorsichtig sein muss. Auch das ist eine Art Unsterblichkeit.«

DOKUMENT SIN 874/B5A

Archivio Centrale di Vaticano
Tratto Quattro »Tenere richiuso«
Fratello Bernardi Richardi, SJ
Capo archivista Data odierna

Folgende Anmerkungen sind das Ergebnis und die Auswertung eines zufälligen Fundes in den Lagerräumen des Trakts IV, dessen Bestände als »Documenti segretissimo« eingestuft und gekennzeichnet sind. Das handgeschriebene Original ist in sogenannter »Grasschrift« und mit flüchtigem Pinsel zu Papier gebracht worden; die Entzifferung war den ansonsten versierten Mitarbeitern des Archivio Centrale nicht möglich. Aus diesem Grunde wurde die Hilfe des renommierten Sinologen Wei K'ang-têh in Anspruch genommen; dieser emeritierte Wissenschaftler der Universität Taipeh ist auf dem Gebiet der Schriftvarianten des Altchinesischen ein ausgewiesener Spezialist. Seine Hilfe wurde erst in Anspruch genommen, nachdem dieser absolute Verschwiegenheit geschworen hatte. Da Professor Wei bereits mehrfach unserem Archiv beigestanden hat und darüber nie auch nur ein Wort hat verlauten lassen, ist die Geheimhaltung garantiert.

Das Auffinden des Dokuments, ab sofort katalogisiert unter dem Code »Sin 874/B5a«, geschah durch Zufall: Die seit einigen Jahren laufende, von oberster Stelle angeordnete Sichtung der Bestände des Archivio Centrale unter besonderer Berücksichtigung der sogenannten »ungeordneten, korrupten Dokumente«, wurde für Trakt IV dem Fratello Carlo Santana übertragen. Dieser ist seit zwei Jahrzehnten im Archivio tätig und absolut vertrauenswürdig. Selbst von eher einfältigem Geiste, dient er der Kirche mit aller notwendigen Inbrunst; die Wertigkeit aufgefundener, bislang nicht ausgewerteter Texte einzuordnen, übersteigt seine Fähigkeiten. Diskretion ist also gesichert.

Von ihm wurde mir als dem Capo Archivista über das Auffinden des besagten Dokuments berichtet und mir somit die Aufgabe übertragen, den Sachstand an die Kongregation für die Glaubenslehre weiterzugeben.

Ehe der Wortlaut des Dokuments hier in Übersetzung dargelegt wird, hier noch notwendige Einzelheiten, wie sie sich nach sorgfältigen Recherchen ergeben haben:

Der (vermutliche) Verfasser der Aufzeichnungen ist ein Li T'aip'o, der am T'ung-t'ing-See in Südchina gelebt haben soll. Dieser Name ist fast identisch in der Schreibweise wie der des berühmtesten Dichters im Reich der Mitte, es ist daher anzunehmen, dass es sich um einen Schreibfehler handelt. Dies kam im Alten China oft vor; bei insgesamt vierzigtausend Zeichen der klassischen Sprache kein Wunder, denn da markierte bereits ein Punkt oder ein Strich mehr oder weniger einen ganz anderen Sinn. Irritierend ist, dass jener Poet ausschließlich Gedichte zu Papier gebracht haben soll; über Memoiren oder sonstige Auslassungen ist nichts bekannt.

Bei dem Angehörigen der Katholischen Kirche, der in dem Text als Missionar auftaucht, könnte es sich um einen Pater Anselmo handeln, der laut ewigem Kalender, wie er im Archivio geführt wird, im sechsten oder siebenten Jahrhundert im Vatikan gelebt haben soll. Viel ist über seine Person nicht bekannt. Seine Eltern mit Familiennamen Brambilla stammten aus Umbrien und sollen in Perugia eine Wechselstube betrieben haben. In späteren Jahren verliert sich ihre Spur.

Anselmo kam in den Dienst der Kirche, um als guter Katholik für ihre Verbreitung zu sorgen. Und er sorgte zuweilen für Aufsehen, war er doch ein Erfinder der verrücktesten mechanischen Konstruktionen. So soll er einen »Sprachenwandler« zusammengebaut haben, mit dessen Hilfe die Idiome fremder Stämme verständlich werden sollten. Es kam nie zu einem Versuch vor Ort, deswegen ist über dessen Zweckmäßigkeit in unseren Archiven nichts aufzufinden.

Im zehnten Jahr seiner Anwesenheit im Vatikan soll er eine Erfindung gemacht haben, die er »veicolo per tempo« oder auch »macchina per passato e futuro« genannt hat. Er bemühte sich um eine Ausbildung zum Missionar und war mitten in den Vorbereitungen für die endgültige Abschlussprüfung, als er eines Tages verschwunden war. Mit ihm fehlte in der Asservatenkammer ein Missionarsgepäck, das jedem in die Fremde mitgegeben wird, der für die Verbreitung des wahren Glaubens Sorge tragen will. Von seiner Erfindung keine Spur.

Dass es sich also um diesen Anselmo handeln könnte, scheint wahrscheinlich; Sicherheit dafür gibt es nicht. Man hat in den Folgejahren nach seinem Verschwinden nie wieder etwas von ihm gehört. Es sei angeregt, zu überlegen, ob ihm aufgrund seines Engagements und wahrscheinlichen Märtyrertodes die Seligsprechung zustehen könnte.

Es folgt der Wortlaut des gefundenen Dokuments:

»Ein besonderes Erlebnis beschäftigt mich seit Tagen. Da ich nicht weiß, was ich davon zu halten habe, will ich es niederschreiben, solange die Erinnerung daran noch so frisch ist, dass mir Einzelheiten gewärtig sind. Ich werde versuchen, von Zeit zu Zeit das Erlebte anhand dieser Zeilen zu rekapitulieren. Meine Hoffnung, dann darüber mehr Klarheit zu erhalten, ist freilich gering.

An jenem Morgen, es war der Tag nach dem schrecklichen Gewitter, das mit seinen Sturmböen den See aufgewühlt hatte, war ich wie gewöhnlich mit dem ersten Tageslicht aufgestanden. Die schwachen Strahlen der ersten Sonne geben mir jedes Mal neue Kraft, mich der Konfrontation mit meinen Schülern zu stellen. Gewiss sind die meisten nur wissbegierig und jederzeit bereit, meinen Gedanken zu folgen; doch es gibt auch andere, die glauben, durch Widerspruch und unsinnige Einwürfe mich verwirren zu können. Was mich irritiert und kränkt, ist die Tatsache, dass diese einzelnen glauben, mich zu falschen Aussagen bewegen zu können.

Kurz, ich gab mich der Kraft der frühen Sonnenstrahlen hin und saß mit dem Rücken zur Wand auf der Ostseite meiner Hütte mit Blick auf den See. Die tiefe Stille ringsum tat mir gut, denn selbst die Vögel mussten sich erst einmal den Schlaf aus dem Federn schütteln, ehe sie mit ihrem Morgenkonzert begannen. Ich war versunken in dieser Stille, als eine jähe Luftbewegung mich aus meiner Ruhe riss.

Wie von dämonischen Kräften gerufen, stand neben mir ein Fremder mit seltsam blasser Physiognomie und einer mindestens ebenso befremdlichen Kleidung. Ein Dämon? Ich war aufgeschreckt und reagierte wahrscheinlich heftiger, als es sonst meine Art war.

›Wer oder was du auch sein magst, verschwinde! Für dich und deinesgleichen ist kein Platz bei uns!‹

Der so urplötzlich Aufgetauchte hatte eine unglaublich lange Nase, die einem jener Fische ähnelte, die mir einmal in der Woche die Fischer vorbeibringen. Er besah mich verdutzt und schien nicht zu verstehen, was ich sagte. Er griff in sein seltsames Gewand, das über und über mit Taschen besetzt war. Gleich darauf hellte sich sein Gesicht auf: ›Mein Sprachwandler vermag nicht zu übersetzen, aber übermittelt zumindest den Sinn deiner Worte. Ich komme aus Italien und bin hier fremd.‹

Das war mir natürlich auch aufgefallen. Italien? Ein Land oder eine Stadt dieses Namens kenne ich nicht. Was für eine Täuschung sollte mir hier angetan werden?

Ich wollte gerade etwas sagen, da trübte sich die Luft neben diesem Fremden und mit einem leisen »Plumps« standen zwei Kisten vor mir.

›Oh, mein Arbeitsgerät!‹, freute sich der Mann aus Italien, egal ob Land oder Stadt.

›Ich habe die Aufgabe übernommen, in deiner Heimat zu missionieren. Im Auftrag des Papstes, wohlverstanden, denn ihr seid noch alle Heiden.‹

Papst? Heiden? Missionieren? Ich verstand kein Wort.

›Wer bist du und was willst du?‹

Meine erneute Frage wurde nicht beantwortet. Ohne weiter ein Wort zu sagen, begann der Fremdling, seine Kisten auszupacken. Was dabei zum Vorschein kam, war erstaunlich, alles Dinge, die ich noch nie gesehen hatte. Insbesondere gab es da ein Kreuz, auf dem eine nackte Männerfigur angenagelt war.

Ich wappnete mich mit Geduld und wartete, bis der Fremde – jener Anselmo – ausgepackt hatte und betrachtete dann das, was er da zusammenbaute.

Er schien zu merken, dass ich neugierig war, denn während er beschäftigt war, begann er zu erklären.

Was er da aufbaute, sei ein Altar, um seinen Glauben – er nannte es Credo und sich selbst einen Christen – auszuüben. Er schmückte dieses Gebilde namens Altar mit einem Kelch und einer Schale, in der er flaches, weißes Gebäck legte, und stellte links und rechts etwas auf, das er Kerze nannte. Man musste es anzünden, wenn man eine Andacht abhalten wollte.

Andacht? Auch so ein Wort, das ich nicht verstand.

Ganz schwierig wurde es, als er versuchte, mir seinen »Glauben«, wie er das nannte, zu erklären. Er sprach von einer Geburt im Stall, von einer dreieinigen Gottheit, die neben Vater und Sohn auch noch einen heiligen Geist beinhaltete. Alles sehr verwirrend, denn was hatte ein Geist da zu suchen? Und wo war die Mutter, wenn es einen Vater und einen Sohn gab? Dann kam da noch eine Maria vor, sie schien als eigentliche Mutter zu fungieren, doch wie konnte sie Mutter eines Gottsohnes sein?

Vollends verwirrend wurde es, als jener Anselmo mir von einem Buch erzählte, das er ›Bibel‹ nannte. Angeblich fand er darin Gottes Wort, an das er glaubte. Doch wie er das erzählte, war wenig erhellend. Denn er warf dauernd die Begriffe Glaube, Wahrheit und Wissen durcheinander. Er behauptete, zu wissen, dass alles wahr sei, was in jenem Buch stünde. Wenn diese Aufzeichnungen jedoch so alt waren, wie er sagte, wie konnte er dessen gewiss sein?

Wörtlich behauptete er: ›Ich weiß, dass mir das Himmelreich offen steht, wenn ich gottgefällig lebe und die Heiden missioniere.‹

Ein Reich im Himmel? Wie wollte er dorthin kommen, wo nichts als ferne Lichter von der Unendlichkeit künden? Und was hatte es mit jener ›Hölle‹ auf sich, von der er voller Entsetzen sprach. Wo sollte die sich befinden, etwa unter unseren Füßen? Dort gab es nichts als Erde und Felsen, allenfalls einmal eine Doline oder einen Höhlengang.

Er sei im Besitz der einzigen Wahrheit und sei sich dessen sicher. Das alles nannte er Glauben, doch war das eigentlich nichts weiter als Illusion, Ahnung oder Vermutung? Oder eine auf Sehnsüchten aufgebaute Hoffnung, die seinem Dasein als Mensch einen Sinn in der Zukunft geben sollte? Zukunft nach dem Tode?

Dazu kam etwas, das in mir das schiere Entsetzen auslöste: Er behauptete, jener Gottessohn, den er Jesus Christus nannte, sei am Kreuz gestorben; daher trage er – makaber in meinen Augen – jenes Kreuz mit dem Bild des Gekreuzigten mit sich herum. In einer Zeremonie, er nannte das Abendmahl, würde Wein zum Blut des Gekreuzigten verwandelt. Menschliches Blut als Getränk? Ich hatte gehört, dass unzivilisierte Völker des Nordens Blut ihrer Tiere tranken. Aber menschliches Blut? Mir grauste.

Ich wusste ab diesem Zeitpunkt, dass ich nichts mit dem zu tun haben wollte, was dieser Fremde »christliche Wahrheit« nannte. Wissen ist mir wichtig; an etwas zu glauben, hat mich allzu oft in die Irre geführt. Ich denke, der Glaube, wie er hier propagiert wurde, verbaut den Blick auf das wirkliche Leben. Wer in der Hoffnung lebt, kümmert sich nicht um die Wirklichkeit – doch darum geht es. Meine ich wenigstens.

Normalerweise bin ich nicht unhöflich, aber in diesem Fall bediente ich mich eines schroffen Tons und wies ihn an, meinen

Grund zu verlassen. Ich wandte mich ab und wanderte Richtung T'ung-t'ing-See, um dem Wispern der kleinen Wellen zu lauschen. Denn das ist die Wahrheit, wie sie um mich herum verkündet wird.

Als ich zurückkam, war der Fremde mitsamt seinen Kisten verschwunden. Nur die Spuren im Sand erinnerten an sein Hiersein.«

Nachbemerkung:

Ich erlaube mir die Anregung, diesen Vorgang unter »documento segretissimo« eingestuft zu lassen. Die Reaktion jenes chinesischen Heiden auf die Wahrheit der christlichen Lehre ist verstörend und im höchsten Maße herabwürdigend. Ich bitte darüber hinaus, zu prüfen, ob nicht die gesamten Gedichte jenes Poeten Li, gleichgültig ob er mit jenem anderen Li identisch ist, zur Sicherheit auf den Index gesetzt werden sollten.

Gez. *Unleserlich*

MEISTER LI
UND SEINE WELTEN

Meister Li erblickte im Jahr 2012 das Licht der literarischen Welt, als ich eine Geschichte für die von Thomas Le Blanc herausgegebenen Anthologie »Die böse Seite des Mondes« (Phantastische Miniaturen 3) zu schreiben hatte und mich auf mein sinologisches Studium besann. Seitdem hat diese fiktive Gestalt eines Dichter-Gelehrten ein erstaunliches Eigenleben entwickelt, hat offenkundig in verschiedenen Jahrhunderten gelebt und ist sogar in die Zukunft gereist.

Damit kein Irrtum entsteht: Es gab den chinesischen Dichter Li T'ai-p'o wirklich; er lebte im 8. Jahrhundert nach Christus, genauer 699–762, und besang in seinen Gedichten – oft weinselig – den Mond, der sich im T'ung-t'ing-See spiegelte. Er wird seit damals zu den wichtigsten Dichtern des Reichs der Mitte gezählt, wenn er nicht sogar der bedeutendste ist. Soweit die Tatsachen.

Zweifellos hat mich manches an der vor Jahrhunderten real existierenden Person Li T'ai-p'o bei der Beschreibung meines Meister Li inspiriert; beziehungsweise zumindest in die richtige Richtung gewiesen.

Das beginnt damit, dass ich die Gegend um den T'ung-t'ing-See (mit einer winzigen Änderung der Aussprache) als Aufenthaltsort meines Dichterphilosophen übernommen habe, und mündet in der Vermessenheit, Meister Li auch noch ein kleines Gedicht zugeschrieben zu haben. Dass ich aus dem wahren Dichter zusätzlich einen Philosophen gemacht habe, ist der Tatsache zu verdanken, dass seine Poeme meines Erachtens immer wieder sehr Nachdenkliches, die Wahrheit Suchendes enthalten.

Natürlich ist es eigentlich eines (studierten) Sinologen unwürdig, sich nicht an eine einheitliche Transkription der chinesischen Zeichen zu halten, doch schien es mir irgendwie dem Fantastischen angemessen, hin und wieder zu variieren – und sei es nur, um geschätzte Fachgenossen zu irritieren.

Alles in allem führt(e) mein (fiktiver) Li T'ai-p'o ein sehr abwechslungsreiches Leben, wenngleich es sich hauptsächlich in dem sehr engen geografischen Rahmen um den T'ung-t'ing-See abspielt(e). Angesichts dieser Vielfalt kann man durchaus von den »Welten des

Meister Li« sprechen. Immerhin waren und sind Ausflüge in die weitere Umgebung und sogar in die Zukunft möglich. Dass Meister Li in der Szene der Fantastikleser von Anbeginn ein erfreuliches Willkommen erfahren hat, war und ist mir als Autor eine Bestätigung und Motivation, am T'ung-t'ing-See weiterhin nach ihm und seiner Schülerschar Ausschau zu halten.

DER AUTOR

Jörg Weigand, geboren 1940. Studium der Sinologie, Japanologie und Politischen Wissenschaft in Erlangen und Würzburg sowie an der École Nationale des Langues Orientales Vivantes in Paris. Dr. phil. über einen altchinesischen Militärtraktat. Neben zahlreichen Fachpublikationen intensive Beschäftigung mit Unterhaltungsliteratur und deren Autoren. Daneben Veröffentlichung einiger Romane sowie bisher insgesamt acht Sammlungen mit fantastischen bzw. Science-Fiction-Erzählungen und -Kurzgeschichten. Initiator der Autorengruppe »Phantastischer Oberrhein«. Arbeit als Komponist, insbesondere an Liedern zu bekannten Autoren wie Rainer Maria Rilke, Theodor Storm und Hans Sahl.

NACHWEIS DER ERSTVEROEFFENTLICHUNGEN

DIE ANDERE WELT: J. Weigand (Hg.), Fantastische Wirklichkeiten. Die Bilderwelten des Rainer Schorm. AstroSF 141. Winnert: p.machinery, 2021.
AUCH EIN LEBEN IM PARADIES: Th. Le Blanc/M. Niehaus (Hg.), Im Garten des Hieronymus. Phantastische Miniaturen Band 16 (2016)
DER BAUM DER ERKENNTNIS: Th. Le Blanc (Hg.), Einseitig. Phantastische Miniaturen Band 30 (2018).

DER BESCHÜTZER: Th. Le Blanc (Hg.), Der Drache ist in der Welt. Phantastische Miniaturen Band 54 (2021).

DOKUMENT SIN 874/B5A: K.-U. Burgdorf/R. Schorm (Hg.), C.R.E.D.O., AndroSF 201, Winnert: p.machinery 2024

DAS DRACHENEI-SPIEL: Th. Le Blanc (Hg.), Spielzeug spricht mit mir. Phantastische Miniaturen Band 48 (2020).

DUMMHEIT: Erstveröffentlichung

EIN TROPFEN BLUT: Th. Le Blanc (Hg.), Observation. Phantastische Miniaturen Band 57 (2021).

EINE FEINE NASE: Th. Le Blanc (Hg.), Phantastik ohne Verfallsdatum. Phantastische Miniaturen Band 64 (2022).

EINE RACHE BESONDERER ART: Th. Le Blanc (Hg.), Rache. Phantastische Miniaturen Band 38 (2019).

EINSICHT: Th. Le Blanc (Hg.), Goethe!. Phantastische Miniaturen Band 10a (2018).

ERKENNTNIS: Erstveröffentlichung

FARBKORREKTUR: Th. Le Blanc (Hg.), Blaufußtölpel. Phantastische Miniaturen Band 13 (2015).

DER FREMDE AUS DEM NORDEN: M. Niehaus/J. Weigand/K. Weigand (Hg.), Phantastisch! Phantastisch! Thomas Le Blanc zum 70. Geburtstag. AndroSF Band 146. Winnert: p. machinery, 2021.

HAUSRECHT oder WER EINE FUCHSFRAU STÖRT: Th. Le Blanc (Hg.), Nächtens in meinem Haus. Phantastische Miniaturen Band 56 (2021).

HOLZOHR: Th. Le Blanc (Hg.), Unter dem Holunderbusch. Phantastische Miniaturen Band 44 (2010).

DIE IDEALE FRAU: Th. Le Blanc (Hg.), Variationen der Vergangenheit. Phantastische Miniaturen Band 58 (2022).

DAS INDIZ: J. Weigand, Meister Li. 20 Phantasien vom T'ung-t'ing-See (2018).

DER KLAPPERTOPF: Th. Le Blanc (Hg.), Purpurkraut. Phantastische Miniaturen Band 24b (2017).

DAS KLEID DES KRIEGES: J. Weigand, Meister Li. 20 Phantasien vom T'ung-t'ing-See (2018).

KLEINE DINGE: Erstveröffentlichung

KÜCHENGEHEIMNIS: Th. Le Blanc (Hg.), Roboter Band 1. Phantastische Miniaturen Band 47 a (2020).

DAS LIED DES WASSERS: Th. Le Blanc/B. Schuh (Hg.), Tonka. Phantastische Miniaturen Band 18 (2016).

LÖSCHVERSUCH: Th. Le Blanc (Hg.), Brandschutz. Phantastische Miniaturen Band 7 (2014).

DAS MALEN VON GEISTERN: J. Weigand, Meister Li. 20 Phantasien vom T'ung-t'ing-See (2018).

MEISTER LI UND DAS EINFACHE DENKEN: J. Weigand, Meister Li. 20 Phantasien vom T'ung-t'ing-See (2018).

MEISTER LI UND DER REICHTUM: J. Weigand, Meister Li. 20 Phantasien vom T'ung-t'ing-See (2018).

MEISTER LI UND DIE POESIE: Th. Le Blanc (Hg.), Die böse Seite des Mondes. Phantastische Miniaturen Band 3 (2012).

NUR EINE KLEINIGKEIT: Erstveröffentlichung

ORDNUNG MUSS SEIN: Th. Le Blanc (Hg.), Die Laufmappe. Phantastische Miniaturen Band 37 (2019).

DAS PRINZIP ORDNUNG: Th. Le Blanc (Hg.), Die Ecke. Phantastische Miniaturen Band 15 (2015).

DIE PUPPEN DES MAGIERS: Th. Le Blanc (Hg.), Roboter Band 2. Phantastische Miniaturen Band 47 b (2020).

DER RAT DER REISFEE: Th. Le Blanc (Hg.), Wir. Phantastische Miniaturen Band 50 (2021).

ROTSALZ: Th. Le Blanc (Hg.), Salz. Phantastische Miniaturen Band 53 (2021).

DER SCHLECHTE BEAMTE: Th. Le Blanc (Hg.), Scharlachkraut. Phantastische Miniaturen Band 24a (2017).

DIE SÜSSE DES HONIGS: Th. Le Blanc (Hg.), Zucker. Phantastische Miniaturen Band 52 (2021).

TADEL: J. Weigand, Meister Li. 20 Phantasien vom T'ung-t'ing-See (2018).

TEST ODER: EINE RÄTSELHAFTE BEGEGNUNG: Th. Le Blanc (Hg.), Die Rückkehr des grünen Kometen. Eine Sammlung von Kurzgeschichten zu Ehren von Herbert W. Franke. Edition der Phantastischen Bibliothek Band 3 (2017).

TRADITION: J. Weigand, Meister Li. 20 Phantasien vom T'ung-t'ing-See (2018).

TRAUM ODER WIRKLICHKEIT: J. Weigand, Meister Li. 20 Phantasien vom T'ung-t'ing-See (2018).

TRAUMFRAU: Th. Le Blanc (Hg.), Der Triumph des Bösen. Phantastische Miniaturen Band 59 (2022).

DER UNSICHTBARE KELLER: Th. Le Blanc (Hg.), Keller. Phantastische Miniaturen Band 36 (2019).

VERWEIGERTE VATERSCHAFT: Th. Le Blanc (Hg.), Scharlachkraut.
Phantastische Miniaturen Band 24a (2017).

VORSICHT VOR LING-CHIH!: Th. Le Blanc (Hg.), Nachwürzen verboten! Phantastische Miniaturen Band 40 (2019).

WENN GEISTER ZÜRNEN: Th. Le Blanc (Hg.), Monstrositäten. Phantastische Miniaturen Band 49 (2020.

WIE MAN EINEN DÄMON ERLEGT: Th. Le Blanc (Hg.), Labyrinth.
Phantastische Miniaturen Band 34 (2019).

DAS WIRKLICHE LEBEN: Th. Le Blanc (Hg.), Der Traum im Traum.
Phantastische Miniaturen Band 19 (2016).

DER ZAUBER DER ORANGENBLÜTEN: Th. Le Blanc (Hg.), Orange.
Phantastische Miniaturen Band 35 (2019).

DER WEIGAND IN DER P.MACHINERY

Jörg Ernst Weigand: TRAUMTAGE. 21 Lieder nach Rainer Maria Rilke
Außer der Reihe 80, p.machinery, Winnert, März 2023, 48 Seiten, Broschüre A4 mit Wire-O-Bindung, ISBN 978 3 95765 324 6 – EUR 14,90 (DE)

Jörg Ernst Weigand: DAS HERZ, DAS HERZ. 15 Liebeslieder nach Theodor Storm
Außer der Reihe 99, p.machinery, Winnert, September 2024, 36 Seiten, Broschüre A4 mit Wire-O-Bindung, ISBN 978 3 95765 424 3 – EUR 13,90 (DE)

Jörg Weigand: AUTOREN DER FANTASTISCHEN LITERATUR. Ein Leitfaden durch die deutschsprachige Sekundärliteratur: Monografien, Erinnerungen und Festschriften
AndroSF 153, p.machinery, Winnert, Juli 2022, 232 Seiten, Paperback, ISBN 978 3 95765 290 4 – EUR 14,90 (DE), E-Book: ISBN 978 3 95765 813 5 – EUR 3,99 (DE)

Jörg Weigand: MUSICA FANTASTICA. Zweiundzwanzig utopisch-fantastische Erzählungen
AndroSF 166, p.machinery, Winnert, Oktober 2023, 96 Seiten, Paperback, ISBN 978 3 95765 319 2 – EUR 12,90 (DE), E-Book: ISBN 978 3 95765 785 5 – EUR 4,49 (DE)

Frank G. Gerigk (Hrsg.): DIE WELTEN DES JÖRG WEIGAND
Die Welten der SF 2, p.machinery, Winnert, Dezember 2020, 368 Seiten, Paperback, ISBN 978 3 95765 222 5 – EUR 16,90 (DE), E-Book: ISBN 978 3 95765 874 6 – EUR 8,49 (DE)

DER WEIGAND ALS HERAUSGEBER IN DER P.MACHINERY

Rainer Schorm & Jörg Weigand (Hrsg.): IHN RIEFEN DIE STERNE. Zum Gedenken an Hanns Kneifel

Rainer Schorm & Jörg Weigand (Hrsg.): WEIBERWELTEN. Die Zukunft ist weiblich

Rainer Schorm & Jörg Weigand (Hrsg.): ZWEITAUSENDVIERUNDACHTZIG. Orwells Albtraum

Rainer Schorm & Jörg Weigand (Hrsg.): VERGANGENE ZUKUNFT. Thomas R. P. Mielke zum achtzigsten Geburtstag

Michael Haitel & Jörg Weigand (Hrsg.): VISIONEN & WIRKLICHKEIT. Rainer Eisfeld zum 80. Geburtstag

Jörg Weigand (Hrsg.): FANTASTISCHE WIRKLICHKEITEN. Die Bilderwelten des Rainer Schorm

Monika Niehaus, Jörg Weigand & Karla Weigand (Hrsg.): PHANTASTISCH! PHANTASTISCH!. Thomas Le Blanc zum 70. Geburtstag

Rainer Schorm | Jörg Weigand | Karla Weigand (Hrsg.): DIE AUTORIN AM RANDE DES UNIVERSUMS. Monika Niehaus zum 70. Geburtstag

Michael Haitel & Jörg Weigand (Hrsg.): GESPIEGELTE FANTASIE. Franz Rottensteiner zum 80. Geburtstag

Rainer Schorm & Jörg Weigand (Hrsg.): DIE ZUKUNFT IM BLICK. Rainer Erler zum 90. Geburtstag

Michael Haitel & Jörg Weigand (Hrsg.): AUF DER SUCHE NACH DER FANTASTISCHEN SPRACHE. Dem Linguisten und SF-Autor Werner Zillig zum 75. Geburtstag

Jörg Weigand (Hrsg.): DIE WELTEN DES KAI RIEDEMANN

Karl Jürgen Roth, Karla Weigand & Jörg Weigand (Hrsg.): AMERIKA! AMERIKA! Dietmar Kuegler: 04.06.1951 – 03.12.2022, Autor und Verleger

Monika Niehaus & Jörg Weigand (Hrsg.): KARLA. Einer besonderen Frau zum 80. Geburtstag